红狮军团

秦天

来自中国，退役于雪豹突击队，后加入红狮军团。由于个人成长经历的原因，他性格孤僻、沉稳，看重朋友之间的友情。

亨特

来自美国，退役于绿色贝雷帽特种部队。他玩世不恭，喜欢开一些无聊的玩笑，个人英雄主义色彩鲜明。

布莱恩

来自英国，退役于英国皇家空军特勤队。他具有绅士风度，擅长空降突袭战术，但有些优柔寡断，也常因此丧失战机。

红狮军团

亚历山大

来自俄罗斯,退役于阿尔法特种部队。他身材魁梧,脾气火暴,眼里揉不得沙子,因此常和队友发生冲突。

朱莉

来自法国的女生,曾服役于法国宪兵队。她高傲强势,令众多男性望而生畏。

劳拉

来自德国的女生,出身贵族,为了理想从小进行各种艰苦的训练。她善解人意,散发着人性的光辉。

索菲亚

来自瑞士的女生。她拥有天使的脸庞,双眸澄澈,腰肢婀娜,身手敏捷,常常出其不意地对敌人发起攻击。

蓝狼军团

泰勒

来自英国，退役于特别空勤团。他冷酷、凶狠，具备超凡的作战能力，为了金钱加入蓝狼军团。

布鲁克

来自英国，退役于红魔鬼伞兵团。他相貌俊朗，行动敏捷，枪法过人，但生性狂妄，目中无人。

巴图

狡猾奸诈，唯利是图，没有服役经历。他曾从事在刀尖行走的职业，后加入蓝狼军团。

蓝狼军团

艾丽丝

来自美国，因一次意外被迫从海军陆战队退役，后来加入蓝狼军团。她为金钱而战。

美佳

一个有着许多秘密的人，曾服役于哪支部队无人知晓。她曾经接受过严格的训练，战斗技能出众，尤其擅长忍术。

凯瑟琳

一名优雅的冷血杀手，曾是神秘女子部队的一员。被她锁定的目标，就像接受了死亡女神的审判，几乎无人能生还。

战狼少年 ① 136号街区

八路 著

化学工业出版社

·北京·

图书在版编目（CIP）数据

战狼少年. 1, 136号街区/八路著. —北京：化学工业出版社，2019.4（2025.1重印）
ISBN 978-7-122-33621-7

Ⅰ.①战⋯　Ⅱ.①八⋯　Ⅲ.①儿童小说-长篇小说-中国-当代　Ⅳ.①I287.45

中国版本图书馆CIP数据核字（2019）第003314号

ZHANLANG SHAONIAN 1 136HAO JIEQU
战狼少年1　136号街区

责任编辑：隋权玲　马鹏伟	文字编辑：李　曦
责任校对：宋　玮	美术编辑：尹琳琳

出版发行：化学工业出版社（北京市东城区青年湖南街13号　邮政编码100011）
印　　装：涿州市般润文化传播有限公司
880mm×1230mm　1/32　印张7　彩插2
2025年1月北京第1版第8次印刷

购书咨询：010-64518888　　售后服务：010-64518899
网　　址：http://www.cip.com.cn
凡购买本书，如有缺损质量问题，本社销售中心负责调换。

定　价：25.00元　　　　　　　　　　　　版权所有　违者必究

目录

第一章 痛苦的记忆 1

第二章 出手相救 7

第三章 这个女生不简单 14

第四章 绝不回头 21

第五章 不期而遇的战斗

第六章 红狮军团 36

第十四章 水下攻击 104

第十五章 逼上绝路 113

第十六章 逃入屋顶通道 120

第十七章 虎口脱险 128

第十八章 赶往梧桐路 137

第十九章 险些丧命 144

第二十七章 浴火重生 209

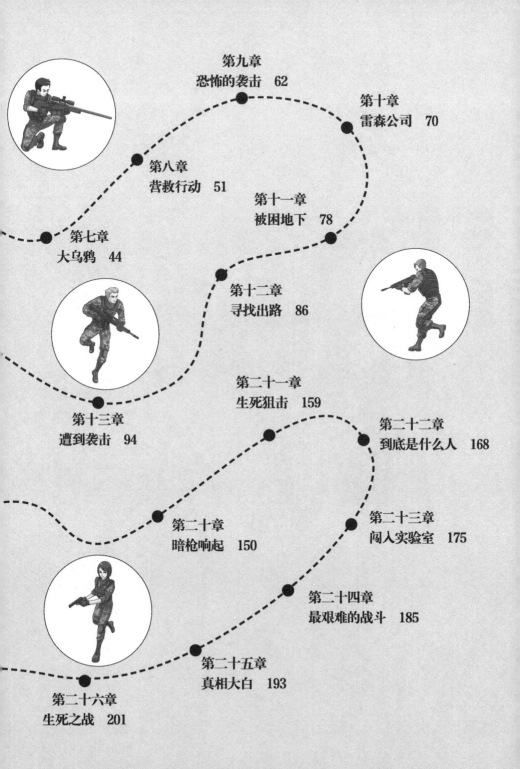

第九章 恐怖的袭击 62

第十章 雷森公司 70

第八章 营救行动 51

第十一章 被困地下 78

第七章 大乌鸦 44

第十二章 寻找出路 86

第十三章 遭到袭击 94

第二十一章 生死狙击 159

第二十二章 到底是什么人 168

第二十章 暗枪响起 150

第二十三章 闯入实验室 175

第二十四章 最艰难的战斗 185

第二十五章 真相大白 193

第二十六章 生死之战 201

第一章

痛苦的记忆

"GO！GO！GO！"

中尉挥舞着手臂，催促特种兵们快速占领阵地。

秦天手中拎着一支最新式的狙击步枪，猫着腰快速向前冲锋。这是一种小口径狙击步枪，使用5.8毫米的步枪子弹。秦天在一辆汽车的侧面停下来，将狙击步枪架在车上，开始搜索屋内的目标。

"秦天注意，只要匪徒的头探出来，你就马上开枪。"耳机里传来中尉的命令。

秦天果断地回应："明白！"

狙击步枪的瞄准镜后面是秦天的右眼，这只眼睛曾经锁定过数不清的匪徒。可是今天，秦天首先搜索到的不是匪徒，而是那个挡住匪徒的女孩儿。

是她！怎么可能是她？秦天的大脑一片空白。

"秦天，你脑子进水了！怎么不开枪！"耳机里中尉

的责骂声将秦天从灵魂出窍的状态中喊了回来。

原来，刚才匪徒的脑袋不经意地探了出来，而秦天却错失了这次狙杀他的绝佳机会。

秦天从瞄准镜中看到匪徒举起手枪，要杀害那个女孩儿。他突然大叫起来："不！不！"

秦天感到头痛欲裂，他猛地从床上坐起。这是一个梦，一个已经持续折磨了他半年的噩梦。

"我是谁？"

像往常一样，早上醒来一睁开眼睛，秦天都会不由自主地问自己，但每次都得不到答案。

他的脑海中重复地闪现一个个不连贯的画面，镜头一会儿出现在孤儿院，一会儿跳跃到中学校园……但最终都会定格在同一个镜头——秦天的头被一颗子弹击中。

秦天把破碎的梦一点点拼接，一部支离破碎的电影被勉强地连接起来了。胶片在秦天的大脑中放映，他看到了自己的过去。

秦天是一名在孤儿院长大的孤儿。也许他并不姓秦，

姓氏和名字只是在孤儿院里随便组合到一起的。在孤儿院里,秦天总被欺负。于是,他开始锻炼身体,让自己变得强壮,可以打倒那些恃强凌弱的坏蛋。

中学毕业的时候,秦天毫不犹豫地参军入伍,因为他没有家,而军营能给秦天家的感觉。新兵训练结束后,他光荣地被选入雪豹突击队,代号"黑豹"。

那年,秦天十八岁。他正式成为了雪豹突击队的一名狙击手,冷血的狙击手。几年下来,死在他手下的歹徒比一碗米饭里的米粒还要多。狙击手不能有失误,否则就不是一名优秀的狙击手。而秦天就失误了,也是因为这次失误,他离开了特种部队,变成了现在这副潦倒的样子。

那是一次追剿毒贩的行动。毒贩劫持人质躲进了一家超市,围剿进入了僵持阶段。谈判未果,因为毒贩们知道,如果他们被抓,每个人的罪行都够得上死罪。所以,他们决定以死相拼,杀一个够本,杀两个赚一个。

秦天奉命狙杀那个劫持人质的毒贩。这个匪徒用手枪顶着一个女生的头部,身体则完全躲在女生的后面。

通过瞄准镜,秦天清晰地看到了女生的面容。

怎么会是她?

作为一名狙击手,秦天从未有过心跳加速、双手发抖的时候,而此时此刻,他就是这副没出息的样子。

自从中学毕业后,秦天就再也没见过这个女生了。她也是孤儿,和秦天在同一家孤儿院长大。她比秦天大两岁,秦天刚进入孤儿院的时候,被高大的男生欺负,都是她挺身而出,用瘦弱的身躯护着秦天。

她是这个世界上第一个真正关心秦天的人,也是最后一个。秦天曾经发誓,在这个世界上如果谁欺负了她,他就让那个人满地找牙。

而此时此刻,她成为了毒贩的人质。秦天的枪口在面对她时,变得抖动起来。秦天在心里不停地告诉自己千万不能失误,但他的心神却始终无法安宁。这时,秦天真正体会到了一名狙击手应该是冷血的,否则就会自取灭亡。

秦天深吸了一口气,闭上左眼,瞄准镜的十字线死死地压在那个女生的头部偏右一点儿,只等着匪徒把头

露出来。

谈判专家在不停地干扰匪徒,试图让他放松警惕。雪豹突击队的队员们则悄悄地爬上了屋顶,手中拿着催泪瓦斯,时刻准备着从窗户撞进去制伏匪徒。

他们都在等秦天,等他开第一枪,把劫持人质的匪徒击毙。在漫长的等待中,秦天不是没有机会,有好几次,匪徒被谈判专家引诱,都把头探了出来。这要是在以往,秦天肯定会毫不犹豫地射击,而且会百发百中地将匪徒击毙。可是,今天不行。秦天变得优柔寡断,变得不相信自己的枪法了。如果错杀了那位女生,也许他一辈子都不会原谅自己。

从瞄准镜中,秦天看到她似乎也看到了自己。她在朝自己笑,面对一个亡命匪徒的死亡威胁,她的笑容依旧那么灿烂。突然,意想不到的事情发生了,她竟然猛地推开了匪徒,这也许是在为秦天开枪创造机会。

秦天在瞬间的大脑空白之后,迅速瞄准了匪徒。但是,已经晚了!匪徒的子弹和秦天发射的子弹几乎是同时射出的。匪徒被秦天发射的子弹击中了头部,而女生

也被匪徒的子弹打中了。

天崩地裂的感觉向秦天袭来，他疯了，不顾一切地冲向屋里。雪豹突击队将催泪瓦斯投进屋内，全副武装地冲了进去。他们与匪徒展开了近距离激战。而秦天全然无视这一切，他抱起女生，从来不哭的他泪水止不住地滑落下来，掉在了她的脸上。

她努力地张开苍白的嘴唇，用微弱的声音喊秦天的名字。秦天泣不成声地答应着，抱起她就要往医院跑。她使出全身的力气将手举起，想触摸秦天的脸。可是，她的手刚刚碰到秦天那还没有长出胡须的下巴便掉了下去。

她就这样走了，因为秦天的失误而走了。她不但没有怪秦天，反而还是像小时候那样真心地关心他，即使是在生命的最后一刻。

这个世界上唯一关心秦天的人走了，他不知道自己独活在这个世界上还有什么意义。秦天冷笑了一声，捡起地上那把匪徒用过的手枪，将枪口对准了自己的脑袋……

第二章

出手相救

秦天闭上眼睛，小时候，在孤儿院里，她拉着自己的手一起玩耍的画面不停闪现：

"姐姐，我长大了要保护你。"小秦天拍着胸脯说。

她开心地笑了，说："嗯，弟弟是好样的！"

秦天不敢让这些画面继续在脑海里出现，因为那是一种生不如死的折磨。他的手指碰到了扳机，只要轻轻一扣，就能到另一个世界和她相见了。在那里，她还是姐姐，秦天还是弟弟。

泪水已经不再流，秦天脸上展现的是微笑。

"秦天，你要干什么？"

突然，耳边响起一声大喊。这喊声和枪声同时响起，以至于秦天无法判断自己是不是出现了幻觉。

本以为自己死了，本以为自己和姐姐在另一个世界重逢了。可当秦天睁开眼睛的时候，自己竟然躺在医院

的病床上，这真是一种讽刺。

"谁？是谁救了我？"

秦天发狂地大喊，将插在身上的各种医疗器械拔掉。

"秦天，你冷静，冷静！"

中尉出现在秦天面前，他是秦天的排长。

"是你，是你救了我！"

秦天恨中尉，他挣扎着要站起来，但脑袋突然一阵剧痛，眼前一黑，昏厥过去……当再次醒来的时候，秦天不愿再说话。他只想静静地待着，什么也不想，什么也不做。

出院的时候，医生告诉秦天，他的脑袋里还残存一枚碎片。那天中尉及时出现，子弹虽然没有击中秦天的头部，但击碎了紧贴在他头边的花瓶，好几枚碎片刺入了他的头骨，其中一枚无法被取出。虽然碎片的位置不会危及他的生命，但是会不断压迫脑神经，令他丧失部分记忆。

丧失记忆对秦天来说是一种解脱，让他不必活在过去痛苦的回忆中。当然，这也会给他带来副作用，那就是会

让他时不时地头痛,尤其是在想事情和发脾气的时候。

"秦天,我想你已经不适合待在特种部队了。"中尉拍着他的肩膀说。

秦天倔强地将中尉的手推开:"我懂!我离开!"

中尉没想到秦天会这么爽快地答应。他试图握住秦天的手,但被秦天拒绝了。

"部队会补偿一笔退役金,希望你以后能振作起来,拿这些钱去做一点儿小生意。"

秦天抬起头,拳头攥得紧紧的,吼道:"这是在施舍我吗?大可不必!我秦天从不需要别人的同情与施舍。"

中尉解释道:"秦天,你听我说,这不是施舍,而是部队的规定。"

"闪开!"秦天懒得听中尉废话,一把推开他,径直冲出了军营。

痛!撕心裂肺的痛!这是秦天出院后第一次头痛。从那天起,他知道了自己只要一激动,头就会痛。

深夜,秦天独自走在城市的大街上,凉风吹来,头上的伤疤隐隐作痛。

"求求你们，放过我吧！"

一个女生的乞求声传进了秦天的耳朵。他又恢复了特种兵的机敏，目光四处寻视，耳朵探寻着声音传来的方向。

"哈哈，你别开玩笑了。我们跟踪你好几天了，好不容易才找到机会，怎么可能放过你。"

一个令人厌恶的男子的声音进入了秦天的耳朵。世界上为什么会存在这么多坏人，他恨这些坏人。

"放开那个女生！"秦天出现在歹徒的身后。

歹徒有三个，都是中等身材，两瘦一胖。这是特种兵的职业病，总是第一时间判断对手的作战能力。

"你这个臭小子，毛儿都没长齐，就敢来管闲事。"胖歹徒转身，带着两个瘦歹徒朝秦天走来。

秦天冷冷一笑，轻蔑地说："你们几个臭家伙，毛儿都快掉光了，还敢出来做坏事。"

为首的胖歹徒不由自主地摸了摸他谢顶的脑袋。这让秦天感到好笑，就连那个被欺负的女生也忍不住偷笑起来。

136号街区

"识趣的话你就赶快滚,否则别怪我们不客气了!"歹徒掏出刀子,灯光下刀锋发出冷冷的光。

"我不需要客气,放马过来吧!"秦天朝歹徒招了招手。

胖歹徒举起刀子就朝秦天冲来,嘴里还喊着:"天堂有路你不走,地狱无门你闯进来。"

秦天真想笑,是不是越没有勇气的家伙,越喜欢用喊口号的方式来给自己壮胆子。胖歹徒的刀朝秦天的胸刺过来。他往旁边一闪,同时抡起拳头砸向歹徒的胳膊。这一拳把秦天许多天来的愤恨发泄了出来,砸得歹徒当时便丢掉了刀子,抱住胳膊鬼哭狼嚎起来。

"我的胳膊断了,快替我报仇。"

两个瘦歹徒一左一右地夹击秦天,刀子都冲着他的脖颈刺来。秦天猛地蹲下身子,双手按地,来了一个"扫堂腿"。两个歹徒的腿被秦天扫中,其中一个摔倒,另一个踉跄一下,又朝他冲来。秦天侧身向左闪,歹徒的刀子落了空。接着歹徒又使出了"泼妇刀法",左一刀,右一刀,连续刺杀。秦天左躲右闪,寻找着

反击的机会。

歹徒的刀子刺到了墙壁上,秦天顺势抓住了他的手腕,向后一掰。这是特种兵经常训练的擒拿手。歹徒惨叫着将刀子扔到了地上,秦天将他的手扳到背后,照着他的屁股就是狠狠一脚。这个歹徒被踹出了几米远,倒在了地上。

突然,秦天觉得背后有风声响起,心想坏了,肯定是歹徒从背后偷袭我。于是,秦天使出了绝招,来了一个"倒踢驴",一脚正好踢在歹徒的裆部,那个歹徒当时就滚倒在地。

在同一瞬间,秦天的头部一阵剧痛,感觉像是被人打了一棍子。他回头看去,打他的那个人竟然是被欺负的那个女生。

"对……对不起。"女生双手发抖,"我想打偷袭你的那个歹徒,结果他倒在地上,我的棍子就落到你头上了。"

秦天的头愈加疼痛了,这是脑袋里那枚碎片又在向他示威了。秦天故作镇静朝歹徒大喊:"还不快滚!"

歹徒们自知不是秦天的对手,从地上爬起来,慌不择路地逃跑了。看到歹徒跑远,秦天双手抱住头部,再也无法忍受那从里到外发射出来的、痛彻心扉的剧痛了。

"你……你怎么了?"

女生吓坏了,以为是她那一棍子把秦天打成了现在这个样子。

"我没事儿!"秦天强忍着头痛站起身来,"你走吧!"

秦天朝女生挥了挥手,迈开步子准备离开。但是,他突然眼前一黑,随即便摔倒在地上了。

第三章

这个女生不简单

当秦天睁开眼睛的时候,一位可爱的女生正坐在他面前。见秦天醒来,她的脸上立刻绽放出清新的笑容,她兴奋地说:"你终于醒了,可把我吓死了。"

"这是哪里?"秦天翻身坐起来。

女生赶紧伸手把秦天按住,用命令的口吻说:"你快躺下,不能这么快就起来。"

秦天冷笑了一声,说:"没事儿,我没那么娇气。"

"你再结实,也不是铁打的。"女生强硬地把他按倒在床上,"都怪我!我没打到坏人,反而把你给打晕了。"

"跟你没关系。"说完,秦天紧接着又问,"这是哪儿?"

"怎么跟我没关系?"女生嘬着嘴,"这是我家。你叫什么?家里的电话是多少?我打给你父母,让他们来接你。"

从小到大,秦天最烦别人问他:"你父母是谁?他们

的电话是多少?"因为他没有父母,这是他一生都抹不掉的痛。

"谢谢你,不用了。"今天秦天并没有生气,"我自己回家就行了。"

秦天再次从床上坐起来,弯腰穿上鞋子,准备离开。

"不行,你就这样走了,我不放心。"女生拉住秦天的手,"万一你在路上晕倒了怎么办?"

秦天朝女生笑了笑:"你不必自责,我之所以晕倒跟你那一棍子没多大关系,是我的头里面有一个东西在作怪。"

说话间,秦天已经拉开了门,一只脚迈了出去。

"不管怎么说是你救了我。"女生拉住秦天的手不放,"最起码,你要告诉我你的名字,还有电话。"

秦天对女生说:"算了吧!再见!"然后,他推开女生,没乘电梯,走向楼梯间,快步向楼下走去。

"我叫夏雪,育才中学三年级二班的。"身后传来女生的喊声,"在你的口袋里有一张纸条,上面有我的QQ号。"

见鬼，育才中学，秦天曾经也是那所学校的学生。这样算来，夏雪应该是他的学妹。

不知道为什么，一连几天夏雪的笑容总是不断在秦天的脑海中闪现。她的笑容很像一个人，那个秦天不敢去想的人——孤儿院里的"姐姐"。她们的笑容都那样纯真，充满了爱。

口袋里的纸条上有夏雪的QQ号，秦天本不想加她为好友，但还是没有控制住自己。一个可爱的宠物头像出现在秦天的QQ中，昵称：虾米。

"秦天，我等你好几天了。"

夏雪一成为秦天的好友，便迫不及待地发来了信息。秦天很吃惊，心想：她是怎么知道我叫秦天的。

"你是不是觉得奇怪？"没等秦天反应过来，夏雪又发来了信息。

秦天只敲了一个字："嗯！"

QQ对话框里闪现出一个龇牙坏笑的表情，紧接着，出现了一行字："想知道真相吗？那就和我视频聊天。"

秦天竟然毫不犹豫地打开了视频对话框，把耳麦扣

在了头上。这太不符合他的性格了。

"嘿！秦天。"夏雪在热情地朝秦天打招呼。

秦天勉强挤出了一丝笑容，问："你是怎么知道的？"

"报纸！"夏雪对着摄像头举起了一张报纸，"这上面有关于你的报道。"

晕！丢人都丢到报纸上去了。秦天从不看那些捕风捉影的烂报纸，所以根本不知道自己被登在报纸上的消息。

夏雪把报纸从摄像头前移开，说："报纸上说你叫秦天，在一次执行任务时头部受伤，退出了雪豹突击队。"

不知道为什么，当夏雪知道了自己的身份后，秦天便不想再和她接触下去了。

"如果没有别的事情，我就下线了。"说完这句话，秦天果断地关闭了QQ，比他解救人质时发射子弹的时候还要果断。

没多久，嘭——嘭——嘭——房门被敲响了。

"谁？"

秦天警惕地问，因为没有几个人知道他住在这里。

"我,夏雪。"

竟然是她!秦天心想,这个阴魂不散的女生是怎么找到这里的?

"快开门,我有重要的事情找你。"

夏雪的声音令秦天无法抗拒,他竟然不由自主地把门打开了。

"你是不是纳闷,我是怎么知道你住这里的?"一进门,夏雪便调皮地问。

"是啊?你是怎么查到的?"秦天也很想知道答案。

夏雪倒是不客气,一屁股坐在秦天的床上,嘿嘿一笑:"IC、IP、IQ卡,通通告诉我密码。"她顽皮地学着电影里的台词。

秦天恍然大悟,问:"你和我聊QQ的时候,偷窥了电脑的IP地址?"

"呵呵,聪明!不愧是特种兵出身。"夏雪拿起桌子上一杯不知道什么时候倒的水就要喝,"我可是黑客高手,偷窥个IP地址,还不是张飞吃豆芽——小菜一碟。"

"喂!那水是好几天前的了,我给你倒一杯新的。"

秦天夺过夏雪手中的水杯，给她倒了一杯凉白开。

夏雪倒是不客气，接过水杯"咕咚——咕咚——"地喝起来。看到夏雪毫无顾忌地用自己的水杯喝水，秦天对这个女生的好感顿时增加了许多。因为她是这个世界上第二个用自己的杯子喝水的人，第一个便是在孤儿院中和他一起长大的"姐姐"。

"你来找我干什么？"秦天问道，"不会就是想告诉我，你是黑客高手吧？"

夏雪把水杯递给秦天："还有白开水没？再给我倒一杯，渴死了。"

看得出来，夏雪是一路急急忙忙赶到这里的，额头上还冒着汗珠。秦天又倒了一杯白开水，同时递给她一条毛巾。

"什么味道？"夏雪擦汗的时候问道，"你的毛巾几天没洗了？"

接过夏雪递回的毛巾，秦天说："一般在毛巾的寿命终结之前，我从不洗它。"

"好恶心！"夏雪朝秦天做了一个鬼脸。

秦天继续追问:"可以告诉我,你为什么来这里了吗?"

夏雪站起来,摸着秦天的头说:"第一,我是想来看看你的头还疼不疼?"

"那第二呢?"

"第二,有一个人想见你。"

秦天迷惑地看着夏雪,问:"谁想见我?"

夏雪拉着长音吐出两个字:"我——爸!"

秦天更加迷惑了。

第四章

绝不回头

夏雪说她老爸想见秦天,这让秦天感到很意外。

秦天想也许是因为自己曾救过他的女儿,他要向自己表示感谢。或者,是夏雪的老爸要警告自己,远离他的宝贝女儿。

"喂,你发什么呆?"夏雪推了秦天一下。

秦天回过神来,嘴角微微一翘,问:"你老爸为什么要见我?"

"我也不知道。"夏雪的眼珠一转,好像有什么事情瞒着秦天,"他听了我讲的故事,还看了报纸上的报道,便让我来找你了。"

秦天皱着眉头,心想:夏雪的老爸究竟是什么人?竟然会对我的经历感兴趣。

"走吧!咱们现在就去见我老爸。"夏雪站起身,拉着秦天的手就往外走。

秦天挣脱夏雪的手,因为这样他很不习惯。在他的记忆中,只有孤儿院里的"姐姐"曾经拉过自己的手。

秦天本不想去,但不知道为什么两条腿不由自主地跟在了夏雪的身后。她拦了一辆出租车,跟司机说了一个秦天从来没听说过的地址。

一路上,秦天低着头,不想说话。而夏雪则忽东忽西地乱扯着。秦天真羡慕她,清澈得可以一眼看到心底,可以毫无顾忌地想说什么就说什么。而秦天的头上好像被自己装了一个紧箍咒,不敢或者说不想把心里的话说出来,因为那样会让他感到头痛。

"到了!"夏雪让司机停车。

推开车门,一个路牌映入秦天的眼帘——136号街区。秦天真是孤陋寡闻了,他竟然从来都没听说过这个地方。

夏雪欢快地向一座大厦走去。进入大厅的电梯后,夏雪按下了地下三层的按钮。这让秦天感觉越来越怪,她的老爸竟然在这座大厦的地下三层等着他。

电梯的门打开了,眼前的一切让秦天觉得更加奇怪

了。在地下三层,灯火通明,一道密码门拦住了他们的去路。夏雪在服务台拨通了内线电话:"老爸,我把秦天带来了。"

秦天双手插在兜里,不停地观察着这里的一切,这是职业病。很快,门从里面打开了。一位中年人探出头来,他先是喊了一声:"夏雪。"然后从上到下打量了秦天一遍,才缓缓问道:"你就是秦天吧?"

秦天点点头。

"Come in!"夏雪的老爸朝他们一甩头,那样子倒是有几分顽皮,估计夏雪的调皮也是继承了她老爸的基因。

夏雪朝秦天笑了笑:"走!"她带头走进了这道神秘的门。

门里面果然暗藏玄机!这是一个面积有几百平方米的大型实验室。虽然,秦天对这里的仪器一窍不通,但是可以看出它们绝对是高科技的玩意儿。实验室里有几十名身穿白大褂的工作人员,分别在不同的岗位上忙碌着。

跟着夏雪的老爸,他们进入了一间几平方米的办公

室。夏雪毫不客气，自己动手冲了一杯咖啡，不过是递给秦天的。

"谢谢！"秦天接过咖啡，笑了笑，尽量让自己变成一个有礼貌的人。

"谢谢你那天救了我的女儿。"夏雪的老爸先是客套地向秦天表示感谢。

"您找我来到底是什么目的？请直说吧！"秦天不喜欢绕弯子，那样很费脑细胞。

夏雪的老爸却不想直接回答秦天的问题，他笑了笑问道："你知道什么是基因实验吗？"

基因实验是一个当下的热点话题，秦天略知一二。他不满地说："这个跟我有什么关系？"

"我就是搞基因实验的。"夏雪的老爸摘掉高度近视的眼镜，"我需要你的帮助。"

秦天越听越迷糊了，干脆不出声，静静地看着夏雪老爸，等待答案。

"事情是这样的，基因实验本来是可以造福人类的，但是现在有一个邪恶的组织正在利用基因实验对人类进

行改造，他们试图制造出变异人。而我和我的同事们则正想办法研制对抗变异人的生物药剂。"

秦天还是听不懂，他小声问道："我能帮你什么？我对基因实验一窍不通。"

"不，我不需要你帮助我进行实验。"夏雪的老爸摇摇头，"那个邪恶组织为了保证他们的实验顺利进行，秘密组建了一支名为'蓝狼'的雇佣兵军团。而为了对抗邪恶组织的实验和蓝狼军团，有一个正义的组织正在积极组建一支名为'红狮'的军团与他们对抗。"

秦天似乎听明白了，问："你是想让我加入红狮军团？"

夏雪的老爸点点头，说道："红狮军团和我们的基因实验室都是由同一个神秘集团领导的。"

"这个集团的幕后领导是谁？"

"不知道，这是绝对的机密。但是我敢保证这个集团是为正义和世界和平而战的，这在集团守则里有明确的规定。"

真是可笑，秦天怎么可能去为一个连幕后领导都不

知道是谁的组织服务?

"夏教授,我这辈子都不会再拿枪了。"秦天对夏雪的老爸说,"因为我不是一名合格的狙击手,我……"说到这里,秦天哽咽了。他不愿去回想过去,更不愿想起她。

"我知道你的故事,不过那根本不怪你。"

夏雪的老爸想说服秦天,但是秦天朝他摆摆手,转身准备离开。

"难道就没有回旋的余地了吗?"夏雪的老爸失望地问。

秦天的头开始疼起来,那枚该死的碎片又在折磨他了。秦天尽量控制自己的情绪,他推开门后,回过头说:"除非,有值得我保护的人受到威胁,也许,那时候我才会重新拿起枪。"

秦天关上门,走出了地下实验室。这个世界上已经没有能让秦天觉得可以用生命去保护的人了。她在世界的那边还好吗?

第五章

不期而遇的战斗

"秦天,等等我!"夏雪紧随其后追了出来。

秦天不想再和这个女生纠缠,也许她身上有很多秦天根本无法知道的秘密。

夏雪追上来,拦住秦天的去路,连连道歉:"对不起,秦天,我不知道老爸找你来是这个目的。"

"没关系!"秦天不敢去看夏雪的眼睛,"以后咱们不要再联系了。"

"为什么?"夏雪的样子很生气,"就因为我老爸刚才对你说的话吗?"

秦天摇摇头,说:"不是,我不喜欢和别人交往,活在自己的世界里不会有负担,不会有责任,更不会有失去。"

"懦夫!"夏雪生气地丢下两个字便跑了。

秦天茫然地站在大街上,抬头看着136号街区的牌

子，又看了看这条街道，才发现这是个很特别的地方。

这条街上没有商店，没有餐馆，甚至连行人都很少，怪不得他以前从来没听说过这个地方。如此奇怪的地方，在如今繁华的城市中肯定算是另类。

一辆黑色的轿车从秦天身边驶过，车窗摇下了一半，一个戴着墨镜的人正向外看。是他！秦天一眼便认出了这个人。他是贩毒组织的老大，名叫奥马尔。就是在围剿奥马尔贩毒组织的过程中，和秦天一起在孤儿院长大的"姐姐"被劫持为人质。

奥马尔贩毒组织的成员大多已经落网，唯独他依旧逍遥法外。虽然法网恢恢疏而不漏，但是秦天已经等不及了。路边正好停着一辆没有拔掉钥匙的摩托车。秦天跨上摩托车，快速发动马达，一踩油门，便朝那辆黑色的轿车急追而去。

"老大，好像有人在追我们。"奥马尔的司机通过后视镜看到了秦天的摩托车。

"手下败将，想必是来送死的吧！"奥马尔的眼睛眯成一条缝，极度蔑视地说。

其实，在刚才汽车经过秦天的身边时，奥马尔藏在墨镜后面的三角眼也注意到了秦天。本来奥马尔不认识秦天，因为雪豹突击队的队员在执行任务的时候都戴着黑色的头套，只露出两只眼睛在外面。这样做的目的是为了保护雪豹突击队队员，以免他们的真实身份暴露，致使他们及其他们的家人遭到匪徒的报复。

可是，在那次围剿毒贩的行动中。秦天不顾一切地摘下了头套，只为让那位与他一起在孤儿院长大的"姐姐"看清自己的面容。当然秦天也不怕匪徒报复自己，因为他在这个世界上并没有亲人，或者其他可以牵挂的人。

好事的记者将秦天摘掉头套后的照片发到了网上，有大批记者围堵医院，试图采访受伤后的秦天。从此秦天的面容便被告知天下，就连奥马尔也认识他了。

秦天将摩托车的油门踩到最大，在136号街区的大街上疾驰。突然，前面的黑色轿车来了个紧急刹车，令秦天措手不及。他赶紧踩下摩托车的制动装置，顺势将车头向侧面一甩，摩托车便横在了黑色轿车的侧面。奥

马尔伸出小拇指,透过车窗朝秦天做了一个挑衅的手势。秦天对他恨之入骨,一把拉住车门,但车门被从里面锁住了,无法拉开。

奥马尔不紧不慢地对司机说:"开车!"

司机立刻猛地加速,将车速瞬间提高到了几十迈。秦天紧紧地抓住车门的把手,身体向上翻起,半个身体搭到了车顶上。

"找死!"奥马尔狠狠地说,同时从腰间掏出手枪,对准车顶连续击发。第一发子弹击穿车顶,从秦天的身体侧面穿过。秦天见势不妙,急忙向车后滚去,但由于失去了平衡,被狠狠地摔到了地上。

秦天从地上爬起,狠狠地挥起拳头砸了自己的脑袋一下,头里的碎片立刻开始抗议了。他恨自己,如果有一把狙击枪,哪怕是一把手枪,奥马尔也不会这样嚣张地在自己的眼皮底下溜走。

"砰!"正在秦天痛恨自己之时,突然一声枪响传来。

只见奥马尔的汽车突然失去了方向,撞到了街道旁的墙壁上。秦天不知道这一枪是从哪里打来的,但他知

道这一枪击中了汽车的轮胎。爆胎的汽车失去控制，才会撞到墙上。

秦天看到了希望，他奋力朝失控的汽车跑去。同时，又一声枪响传来，汽车的后窗玻璃被击碎，里面的人不知道是生是死。

汽车被迫停了下来，司机打开车门试图逃跑。一颗子弹毫不留情地朝他的后脑飞去，瞬间将他送上了西天。秦天跑到汽车的跟前，打开车门。奥马尔的身体倒了出来，或者说是他的尸体倒了出来。

谁？是谁在暗中杀死了奥马尔？秦天抬头向四处张望，高耸的楼房遮挡了他的视线。不过，别忘了秦天曾经就是一名狙击手，他知道作为一名狙击手应该选择在什么样的位置才能隐蔽自己，同时完成狙杀任务。

一个身穿紧身背心的强壮男子出现在秦天的视线中，他正从一座楼的楼顶向下张望。这个人是有意让秦天看到自己的，他竟然还在朝秦天打招呼！

秦天看到那个人在熟练地拆解一支巴雷特M82A1狙击步枪，然后把它放进了一个装小提琴的手提箱里。

他是谁？他为什么要杀死奥马尔？他是在帮自己吗？一系列的问号在秦天的脑子里闪现，他不敢再想，因为头越来越痛了。

奥马尔死了，但是并非死在秦天的手下，这让秦天有些遗憾，他甚至开始怀疑自己是不是真的再也不会拿起枪。

当秦天回到家的时候，他竟然发现门口站着一个人。

"你怎么会在这里？"秦天问。

夏雪噘着嘴："对不起，今天我说错话了，我不应该说你是懦夫。"

"你就是为了这句话来这里跟我道歉的？"秦天问。

夏雪点点头，然后又摇摇头："是，也不是。我担心你出事，所以就来这里了。"

秦天莫名其妙地微微感动了一下，但很快被掩饰过去："我挺好，你可以回去了。"

此时，夏雪看到了秦天脸上的伤，关心地问："刚才发生什么事情了？"

秦天话到嘴边又咽了回去，他默默地告诉自己，一

定要和这个女生划清界限。因为他知道自己是个无牵无挂的人,而自己一旦有了朋友,就会有意无意地伤害到他们。

"谢谢!你现在真的可以回去了。"秦天掏出钥匙插进锁眼里,"另外,请告诉你老爸,不要再打我的主意。"

秦天打开门,快速地闪了进去。夏雪刚要跟进去,秦天用力一摔门,将她拒之门外了。

夏雪哪里受过这种委屈,她鼻子一酸,眼泪在眼眶里打转。

"秦天,你给我记住,即使你曾经救过我,也不能这样对我。"说完,她转身朝楼下跑去。

此时的秦天脑子里很乱,他顾不得去想夏雪的感受,因为那个在136号街区出现的神秘狙击手已经够他伤脑筋的了。

作为一名专业的狙击手,秦天首先从技术上进行了分析。据他观察,神秘狙击手发射子弹的位置距离奥马尔的汽车大约800米。当时,奥马尔的汽车行驶速度超过了60迈,相隔800米的距离要想击中如此快速运动的

汽车和车里的人,难度相当大。

神秘狙击手的战术运用非常得当,他首先击中了汽车的轮胎,迫使汽车降低了速度。即使这样,奥马尔也在跟随着汽车进行无规则的运动。对于规则运动的目标,狙击手可以计算提前量,只要经过长期训练,大多数狙击手都能够做到精准命中。而对于无规则运动的目标,狙击手则无法进行弹道的计算,此时靠的完全是狙击手的感觉。狙击手的感觉是靠子弹"喂"出来的,当然如果是没有天赋的狙击手,即使用再多的子弹也是"喂"不出来的。

秦天就是一位具有天赋的狙击手,他曾经在教官的指导下,在射击场上一箱子一箱子地发射子弹,完全凭借感觉来射击随机出现的目标。据秦天分析,这位神秘狙击手的狙击技术绝不在自己之下,甚至超过了自己。

这个神秘的狙击手到底是谁呢?他为什么要狙杀贩毒组织的老大奥马尔呢?

第六章

红狮军团

秦天冥思苦想，突然他想到了一个人。他想到了夏雪的老爸，确切地说，是他想起了夏教授跟自己提到的红狮军团。莫非这个突然出现的狙击手来自红狮军团？

虽然秦天这样猜测，但是他没有任何证据。他只能暂时忘掉那些烦恼的事情，又回到了颓废的生活中，整日宅在家里不肯出去。夏雪还是会时不时地"骚扰"他——通过QQ发一些无聊的QQ表情、笑话，还有留言。

不过秦天都是置之不理，他想也许再过几天这个女孩子就会厌烦了，自然就不会再来"骚扰"自己。可是，秦天没有想到夏雪竟然乐此不疲，一连"骚扰"自己好几个星期。

这天他照常吃了一碗泡面，打开电脑QQ。

和以往不同的是，今天的QQ对话框里没有跳出夏雪的留言。他长长地出了一口气，心想夏雪的新鲜劲儿

总算过去了。可是，不知道为什么他的心里又感觉空落落的，好像丢失了什么珍贵的东西。

这时，QQ软件弹出了一个新闻窗口，头条新闻吸引了秦天的目光。新闻的标题是：多位市民离奇失踪，警方提示深夜切勿单独出行。秦天快速点开新闻链接，更详细的报道展现在他眼前：一周内，警方连续接到多起报案，报案者称亲人离奇失踪，现警方已经立案调查，如有市民发现以下失踪者请与警方联系⋯⋯

看到这里，秦天的心里咯噔了一下，不知道为什么他有一种不祥的预感。秦天快速向下滑动鼠标，察看失踪者的信息。报道中从上到下排列着十多名失踪者的信息，在照片旁边写有他们的姓名和详细的外貌与服装特征。秦天的手颤抖着滑动鼠标，当一位女生的头像出现时，他几乎处于了崩溃的状态。

没错，那是夏雪的头像。秦天不愿相信自己的眼睛，他继续看照片旁边的文字信息，"姓名：夏雪，育才中学三年级二班学生，失踪时穿一身蓝色校服，扎马尾辫，笑起来右脸有一个小酒窝⋯⋯"

秦天已经看不下去了,他的头开始疼起来,口中不停地重复着:"夏雪!夏雪……"

怪不得今天没有在QQ上看到夏雪的留言,原来她失踪了。

"是谁绑架了夏雪?难道关心我的人都没有好下场吗?"秦天像野兽一样大吼着。他穿上外套,从家里跑了出去,直奔136号街区。

136号街区还是一如既往的冷清,秦天直接冲进大厦,乘坐电梯到达了地下三层。他用拳头使劲儿砸那扇密码门,同时不停地喊着:"夏教授!夏教授……"

"对不起,先生您找谁?"门口的保安上前来拦住秦天。

秦天依旧用拳头砸着门:"不是说了吗?我找夏教授。"

"你等等,我马上给他打电话。"保安立刻拨通了内线电话,"夏教授问我你是谁?"

"你告诉他,我是秦天。"

保安挂了电话,对秦天说:"夏教授马上出来见你。"

秦天在门外焦急地等待着,夏教授的脚步声由远而

近，门被打开了。

"夏雪是什么时候失踪的？"夏教授刚刚探出头，秦天便冲上去问。

"昨天下午放学后。"夏教授看上去很疲惫的样子。

"那你为什么还待在这里，怎么不去找自己的女儿？"秦天质问他。

夏教授无奈地摇摇头："我去又有什么用？已经有人在想办法救她了。"

秦天惊讶地看着夏教授："这么说，你知道是谁抓走了夏雪，对吗？"

"除了他们还能有谁？"夏教授握紧了拳头。

秦天急坏了："到底是谁？我要去救夏雪。"

"当然是蓝狼军团，最近失踪的人都是他们抓走的，他们抓走这些人就是为制造变异人提供实验品。"

秦天简直不敢相信自己的耳朵："你是说，夏雪被他们抓走去当实验品了？"

夏教授摇摇头："他们抓走夏雪还有一个目的，那就是用她来威胁我，阻止我领导基因实验室进行研究，这

样他们一旦制造出变异人，便没有对手了。"

"那你就这样坐以待毙，在实验室里继续搞你的实验吗？"秦天难以控制自己的情绪。

"你懂什么？"夏教授受了刺激，面部的肌肉抽搐了几下，"我必须留在实验室里加快研究的进度，一旦敌人制造出变异人，那将是世界的灾难。"夏教授说完转身准备进入实验室。

秦天一把拉住他的胳膊："好吧，你去完成你的伟大实验。告诉我蓝狼军团在哪里，我要去救夏雪。"

"你不是说过再也不会拿起枪了吗？"夏教授用怀疑的目光看着秦天。

秦天坚定地说："我也说过，当遇到值得我用生命去保护的人，我会再次拿起枪。"

夏教授从口袋里掏出一张纸条塞到秦天的手里："你到这个地方去找一个叫亨特的人，他会告诉你如何营救夏雪。"

秦天看了看纸条上写的地址：梧桐路135号。他的心已经飞到了那里，但人却还在奔向那里的路上。

梧桐路135号，秦天从出租车上下来，径直冲向挂

着这个门牌号码的院子。

"喂,你找谁?"一位身材强壮的少年拦住了秦天。

"我找亨特。"秦天没有停下脚步,继续往前冲。

强壮少年一把拽住秦天的后脖领:"我还没有让你进去。"

秦天恼怒地转过身朝强壮少年就是一拳。这一拳正好打在少年的左脸上。

"你是来打架的吗?"强壮少年也被激怒了。他一把将秦天拦腰抱住,他的力气好大,竟然直接将秦天从地上抱了起来。

"我不是来打架的,我说过,我要找亨特。"秦天一边说着,一把用肘部痛击强壮少年的肋骨。

强壮少年被彻底激怒了,他大吼一声将秦天举过头顶,猛地扔了出去。

秦天摔到了几米远的地上,他顾不得身上的疼痛,爬起来继续往院子里冲,同时还大喊着:"亨特,亨特!"

强壮少年从后面追上来,试图再次抱住秦天。但此时,一位身穿迷彩短袖、胳膊上长着黄色绒毛的人走了出来,他朝强壮少年喊:"亚历山大,别管他了。"

原来那位强壮少年叫亚历山大。此刻,他余怒未消,将双手抱在胸前,朝秦天大喊:"你小子不想找揍就给我老实点。"

"我就是亨特,你是秦天吧!"迎面走来的人说道。他看上去比秦天大两三岁的样子,嘴里不停地嚼着口香糖,一副玩世不恭的样子。这是秦天最讨厌的形象。

"我是秦天,夏教授让我来找你。"秦天说话时,不停地打量着周围的环境。

这里看上去并没有什么特别,就像一座普通的民居。

亨特把口香糖吐在地上,说:"你跟我来吧,夏教授已经给我打过电话了。"

看到亨特将口香糖吐在地上,秦天的厌恶感油然而生,他不明白夏教授怎么会让自己找这么没有素质的人。

秦天跟在亨特的身后向屋内走,而亚历山大则继续留在院子里负责守卫。进入屋里,秦天才发现这里并不是普通的民居,因为里面简直就是一个兵器库,世界知名的轻武器几乎都可以在这里找到。

屋里还有几个人,他们和秦天的年纪相仿,都在低头准备武器。

136号街区

看到亨特和秦天走进来,一位女生笑着打招呼:"嘿,秦天,欢迎你加入我们的组织。"

秦天很是意外,他没想到这些人已经知道了自己的身份。和秦天打招呼的女生叫劳拉,是一位来自德国,具有贵族血统的女生,曾接受过特种部队的训练。

"我是布莱恩,非常高兴认识你。"一位很有绅士风度的少年站起身,礼貌地伸出了右手。

秦天的手放在口袋里,并没有拿出来跟他握手。他对这些人根本不感兴趣,一心只想着赶快去救夏雪。

布莱恩朝秦天耸耸肩,将手收了回去。他来自英国,曾经是大名鼎鼎的英国皇家空军特勤队的一员,如今加入了红狮军团,为正义而战。

还有两位女生,其中一个高傲冷艳,名叫朱莉,来自被称为"高卢雄鸡"的法国;另一位清纯靓丽,名叫索菲亚,是一位瑞士女生。她们都有在特种部队服役的经历。

秦天也不说话,直接从琳琅满目的武器中拿起了一支突击步枪,将一个弹袋披在身上,一颗颗子弹被压进弹夹。一切准备就绪之后,他问道:"我们什么时候出发?"

第七章

大乌鸦

亨特看了秦天一眼,说:"小个子,你急什么?"不知道什么时候亨特的嘴里又嚼上了口香糖,腮帮子来回地运动着。

"我警告你,别再叫我小个子,我叫秦天。"秦天怒视着亨特,"我再问一遍,什么时候出发?"

"秦天,夏雪是你什么人?"索菲亚的笑容很甜,"让你如此为她担心。"

"她是我的朋友。"

"就这么简单?"索菲亚怀疑地问。

"就这么简单。"

索菲亚摇摇头:"鬼才相信呢,现在的社会中还有真正的朋友吗?"

"不管你信不信,那都不重要。"秦天不想多解释,他着急地再次问道:"我想知道什么时候出发?或者你们

告诉我她被关在哪里,我自己去救她。"

"秦天,不要着急。我们也跟你一样,在等待夏雪被关在哪里的消息。"布莱恩说。

原来,这些人现在也不知道夏雪被关在哪里,这让秦天更加坐立不安了。

"你们在等谁的消息?"

亨特说:"在蓝狼军团内部有我们的线人,他会在保证不暴露自己的情况下,第一时间以密电的形式通知我们。"

这种漫长的等待对秦天来说简直就是煎熬,他静静地坐在角落里一言不发,脑袋里闪现着凌乱的记忆片断。画面还是从孤儿院开始,姐姐牵着他的手,令他感到从里到外的温暖。这次没有出现那次狙击失误的画面,而是直接跳跃到了夏雪用他的杯子喝水的场景。

这好似一部电视剧的续集,在秦天以前的回忆中,从未出现过这个画面。也许现在夏雪已经成为了第二个走进秦天心里的人。

"秦天,咱们出发吧。"亨特的喊声将秦天从回忆中

拉了回来。

"你们知道夏雪被囚禁的地方了?"秦天跳起来问。

劳拉点点头:"内线已经传来了地址,我们马上行动。"

秦天的眼睛冒出希望的光,他拎着枪就往屋外跑。他绝不允许夏雪有任何危险,绝不允许悲剧再次上演。

"亚历山大,上车!"亨特朝在院子里守卫的亚历山大大喊了一声。

亚历山大壮得像一头犀牛,他跑过来的时候,坐在车里的人都能感觉到地面在颤动。

这是一辆涂上了迷彩色的军用越野车。亨特负责驾驶;浑身散发着香水味的索菲亚,坐到了副驾驶的位置;越野车的后面有两张并列的长椅,其他人分列两排,面对面列坐在上面。

亚历山大的块头最大,他和布莱恩坐在了一张长椅上;秦天、劳拉和朱莉则坐在了对面的长椅上。朱莉的脖子始终是挺直的,头微微上扬,眼睛总是看着上面,给人一种目中无人的感觉。

秦天将枪紧紧地靠在肩膀上,闭着眼睛,尽量让自

己不去想任何事情，因为他需要心无杂念地去战斗。

"秦天，上帝会保佑夏雪的，你放心。"坐在旁边的劳拉凑近秦天的耳朵小声地说。

秦天朝劳拉微微一笑，说："我从不相信什么上帝，只相信我自己。"他觉得劳拉和其他人不同，因为劳拉能够察觉到自己内心的细微变化。

亨特驾驶越野车在路上疾驰，很快便驶出了这座城市，进入了一条密林小路。突然，亨特将越野车开进了树林里，停了下来。

"喂，你停下来干什么？"秦天焦急地问。

亨特看了秦天一眼，说："小个子，你是新手，一切行动都要听我们的。"

秦天怒火中烧，但他尽量克制，因为营救夏雪才是最重要的事情。

劳拉看出了秦天的愤怒，安慰道："秦天，你第一次参加我们的行动，还不熟悉我们的战术。不过，你放心，我保证夏雪会平安地回到你身边。"

朱莉卸下身后的战术背包，从里面掏出了一个秦天

从来没有见过的东西。这个东西看上去像一架小朋友玩的航模。秦天知道那不是航模，它应该是一架侦察机。

秦天猜对了，这是一架迷你侦察机，大家习惯叫它"大乌鸦"，因为它的形状就像一只展翅飞翔的乌鸦，而且它的个头和乌鸦的也差不多。

朱莉手里拿着一个普通平板电脑大小的屏幕，在上面输入了一些数据。这些数据将引导"大乌鸦"飞向目的地的上空。

"布莱恩，可以放飞了。"朱莉输完数据后说。

布莱恩一只手拿着"大乌鸦"，向前快速跑动，然后猛地将它抛向空中。"大乌鸦"就像一只轻盈的鸟儿向高空飞去。

在朱莉手中的显示屏上，清晰地显示着"大乌鸦"的飞行轨迹，还有沿途拍摄到的景象。

秦天感叹这支雇佣兵小队竟然有如此先进的侦察设备。

劳拉说："我们拥有目前世界上最先进的武器装备，因为我们的老板是世界上非常有钱的财团。不过，我们

从不发动战争,只为正义而战。如果违背了这一原则,我们会退出红狮军团。"

"大乌鸦"已经飞到了目的地的上空,一圈圈地盘旋着。在朱莉手中的屏幕上可以看到,那里是一座水牢,在水牢的周围有全副武装的士兵把守。通向水牢有两条路:一条是刚才汽车行驶的林间小路,另一条就是密林间的一条小河。

"朱莉,可以把'大乌鸦'收回来了。"在将敌情侦察清楚之后,亨特说。

朱莉在屏幕上输入了一组返航的路线数据,"大乌鸦"便掉转方向开始往回飞了。

亨特根据侦察到的敌情,对大家说:"还是老办法,咱们采用声东击西的战术,兵分两路,一路引诱敌人,另一路去救人。"

亨特开始进行分工:"秦天,朱莉,还有我,咱们三个从林间小路发起攻击,负责把敌人引开;其他人乘橡皮艇从水路秘密靠近水牢,负责把夏雪救出来。"

"我要换到另一组,我要去救夏雪。"秦天坚决反对

去做诱饵。

亨特有些不高兴："秦天,这里我说了算,你不要捣乱。"

"去你的!"秦天恶狠狠地看着亨特,"我必须去救夏雪,宁可我死了,也要让她活着出来。你们能做到这点吗?"

"好吧,秦天,你和亚历山大对换一下。"亨特表面看上去是个很强势的人,其实面对更强势的人时,他往往会表现出妥协,这也许是美国佬的特性。

就这样,秦天、布莱恩、劳拉和索菲亚编成了一组,负责从密林中的小河潜入到水牢,营救夏雪。

布莱恩从越野车上搬下一艘橡皮艇,用气筒充上气,四个人向小河走去。亨特不放心地朝他们喊:"要小心,记住行动成功以后及时呼叫我们。还有,秦天,你不要乱来。"

布莱恩回头朝亨特做了一个"OK"的手势,而秦天像没听见一样,仍旧抬着橡皮艇向前走。

第八章

营救行动

　　小河隐藏在丛林中，若不是从空中侦察，根本无法发现它的存在。四个人将橡皮艇扔进河里，然后跳了上去。为了不被敌人发现，橡皮艇并没有安装发动机，而是由人力来划动。左边是秦天和劳拉，右边是布莱恩和索菲亚，他们配合得很默契，在四根划桨的划动下，橡皮艇静悄悄地向目的地驶去。

　　河道很窄，两侧长满了超过一人高的芦苇，形成了天然的隐蔽屏障。秦天一边划桨，一边警觉地观察着周围的一草一木，防止有敌人在路上埋伏。

　　"咱们距离目的地不足1000米了。"劳拉看着手中的导航仪说。

　　布莱恩明白了劳拉的意思，说："咱们把橡皮艇藏在芦苇中，然后从水中潜伏过去。"

　　由于已经进入了敌人的侦察范围，橡皮艇很容易被

发现，所以他们必须要改为水中潜行了。四个人换好潜水服，将橡皮艇推入芦苇荡中。河水并不深，踩到河底，还可以露出胸部以上的部分。一开始，他们紧贴着芦苇，头部露出水面，涉水而行。当距离水牢还有500米时，他们隐藏在芦苇中，开始用望远镜观察水牢周围的情况。

秦天清晰地看到在水牢的边上有两个士兵，他们背着枪来回巡逻，至于夏雪被关在哪里则根本无法看到。

"咱们不能开枪，那样会惊动敌人，夏雪也会身陷危险。"秦天说，"我潜到哨兵附近，趁他们不注意用匕首解决问题。"

"我跟你去！"劳拉说，"咱们两个一左一右，一起干掉那两个家伙。"

"OK！我和索菲亚负责掩护。"布莱恩赞同这种战术。

秦天和劳拉潜入水下，犹如两条巨型的河鱼向水牢方向游去。潜至水牢的底下，两个人偷偷地露出头来向上面观察，突然一注水流从上而降，还带着一股尿骚味。

"离下一班岗哨还有多长时间？"

"还有半个小时。"

秦天听到上面的哨兵在说话。

劳拉和秦天对视了一下，两个人心照不宣，开始从水中慢慢地向岸上移动。刚刚爬到岸上，秦天便看到一个士兵迎面朝自己走来，他赶紧贴在侧面的桥柱旁，一动不动。

士兵走过来，然后又转身走过去，此时正好背对着秦天。这是大好的机会，秦天三两步就跨到了士兵的身后，发起袭击。这个士兵的警惕性也很高，他感觉到了身后的异常，突然转身，正好看到秦天举起的匕首。

"你是——"

士兵的话刚喊出一半儿，便被秦天解决了。

在另一侧，劳拉早已麻利地解决掉了另一个士兵。

远处的布莱恩和索菲亚通过狙击枪的瞄准镜，看到了岸上发生的战斗。他们又慢慢地向前移动了一段距离，保证秦天和劳拉始终在他们的保护范围之内。

布莱恩负责保护秦天，他不停地搜索着秦天周围的可疑之处，一旦发现敌人对秦天的生命构成威胁，便会先发制人，用一颗子弹将威胁者送上西天。

　　劳拉和秦天将哨兵的尸体拖到隐蔽处，开始寻找夏雪。水牢是用木桩围成的，透过缝隙可以看到里面，但令人失望的是这两个士兵负责守护的水牢里并没有夏雪。秦天朝劳拉做了一个前进的手势，两个人弯着腰，继续向前搜寻。不一会儿，他们发现了一座木屋，它的窗户开着，秦天贴到窗户旁边向里面看去。

　　夏雪！他差点控制不住地喊出来。

　　当然，屋里不只夏雪一个人，还有三个雇佣兵，其中一个是军官。夏雪被绑在一张椅子上，正被军官审问。

　　"告诉我，你老爸负责的实验室在哪里？"

　　夏雪胆怯地说："我真的不知道，他什么都没跟我说过。"

　　"别装了，要是不想变成变异人的实验品就乖乖地说，否则就别怪我不客气了。"军官恶狠狠地说。

　　秦天和劳拉蹲在窗前的地面上，两个人用手势交流着战术。秦天伸出了两个手指头，然后指了指自己；接着伸出了一根手指头，指了指劳拉。最终，他们达成了

共识。

"3,2,1!"

劳拉看着秦天的口型。"1"从秦天的口中吐出之后,两个人同时站了起来,枪口伸进了窗户。

"砰!砰!砰!"

连续三声枪响。秦天先是击毙了靠近夏雪的军官,然后枪口一转对准了刚刚把枪举起来的另一名雇佣兵,将其击毙。劳拉则按照事先约定的战术,击毙了一个雇佣兵后,一个翻滚进入了屋内。

夏雪被眼前的景象吓坏了,她还没有看清是怎么一回事,便看到秦天闯入屋内。

"秦天!"夏雪的眼泪喷涌而出。

"快跟我走!"秦天一刀将绳子割断,拉起夏雪就往屋外跑。

他们刚冲到木屋的门口,一颗子弹便射过来,打在了门框上。敌人听到枪声,已经朝这边围攻过来了。

"快带着夏雪走窗户,我掩护。"劳拉说完闪身藏在门后,开枪向屋外冲来的敌人射击。

秦天先是跳到窗外，然后接住夏雪。这时，一个敌人的狙击手从屋顶上已经瞄准了秦天，即将扣动扳机。

"砰！"这一枪打得太及时了。负责后援掩护的布莱恩发现了敌人的狙击手，提前一枪把他干掉了。

布莱恩见秦天救出了夏雪，便按下对讲系统呼叫亨特："营救成功，你们可以行动了。"

"明白！"亨特立刻驾驶越野车从树林中冲出来，直奔敌人的营地。亚历山大在车顶架上了一架"加特林"重机枪，朝着敌人的屁股后面猛烈开火。

正在木屋前围攻劳拉的几个敌人被亚历山大的机枪打成了"筛子眼"。敌人见背后冲来了一辆火力强猛的越野车，便开始掉转方向围攻这辆越野车。

朱莉摇下车窗，向敌人密集的地方投掷了一枚手雷。一声巨响过后，敌人死伤数名。劳拉趁机跑出木屋和秦天一起带着夏雪往河边跑去。布莱恩和索菲亚则隐藏在暗处，一刻不停地搜索着对秦天他们构成威胁的敌人。

这种攻防兼备的战术非常见效，凡是准备对秦天他们进行攻击的敌人都被布莱恩和索菲亚发现，并第一时

间送上了西天。

秦天和劳拉带着夏雪来到了河边,他们一个猛子扎进了水里,向远处游去。

亨特无心恋战,他成功地牵制了敌人,已经达到了预定的战术目的。于是,他驾驶越野车快速地掉转方向,准备撤离。

亚历山大似乎还没有过瘾,他疯狂地朝敌人进行扫射,弹壳如雨点般向后跳出,落到了车厢上。

"本姑娘不陪你们玩了。拜拜!"说完,朱莉漫不经心地拉燃了一枚烟幕弹,投到车外。顿时,浓烟升起,敌人的营地变成了烟雾的海洋。

"哈哈!我们撤了!"亨特很兴奋,他的嘴里还在不停地嚼着口香糖。

烟雾弥漫中,敌人的军官大喊道:"快给我追!"

几辆架着机枪的皮卡,冲出了烟雾,朝亨特驾驶的越野车追来。这正是亨特想达到的目的,因为只有把敌人引到这条路上来。秦天他们才能安全地将夏雪从水路上救出。

果然，一切都在按照红狮军团预先设计的战术发展，敌人并没有发现沿水路撤退的秦天、劳拉、布莱恩、索菲亚和夏雪。他们顺利地游到了橡皮艇的藏匿处，划着橡皮艇快速地离开了。

亨特他们可就没有那么好运了，敌人驾驶汽车在后面穷追不舍。亚历山大不停地向后扫射，一辆追赶的汽车被子弹击中车胎，失去了控制，在高速行驶的状态下接连翻了几个滚儿，撞到了路边的一棵大树上。

"快，再快些！"看到后面越追越近的敌人，朱莉的头也不再高傲地仰着了，她不停地催促亨特。

亨特还是那副德行，口香糖在嘴里滚来滚去："这已经是越野车的最快速度了，你以为它能飞起来吗？"

"我听说现在已经有能飞起来的战车了，回头咱们向总部申请一辆。"亚历山大一边发射子弹，一边说。

"你少废话，给我打准点儿！"朱莉朝亚历山大吼。

"啊！"朱莉的话音刚落，亚历山大便痛苦地喊叫了一声。他的肩膀被一颗子弹击中，鲜血瞬间浸透了迷彩服。

"看来非得要本姑娘亲自出马才行。"朱莉一把将亚历山大拽下来,自己替换到他的位置进行射击。

亚历山大解开迷彩服的扣子,从战斗腰包里掏出一小瓶消毒液,用嘴将瓶盖咬下来,将液体径直倒到了伤口上。亚历山大感到了一阵阵钻心的疼痛,他咬紧牙关将纱布一层层地缠裹在肩膀上。

紧跟在后面的一辆皮卡车上,一名敌人肩扛着火箭筒,一枚火箭弹已经填装完毕。只见他身体趴在车厢的护栏上,瞄准了亨特驾驶的越野车。

"轰!"随着一声巨响,火箭弹喷着火苗朝越野车飞来。这可把朱莉吓坏了。她大喊:"快——快向右打方向!"

亨特从汽车的后视镜中也看到了飞来的火箭弹,他急忙向右打方向,但因为汽车行驶的速度太快,向右一转差点撞到了大树上。而那枚火箭弹紧贴着他们的越野车飞了过去,落到前面的地上发生了爆炸。火箭弹的弹片飞起,溅落到越野车的前挡风玻璃上,将车玻璃砸成了蜘蛛网状。

"干掉后面的司机!"亨特朝朱莉大喊。

朱莉瞄准后面汽车的驾驶位置疯狂扫射。后面的司机很狡猾，他驾驶汽车画着蛇形线躲避飞来的子弹。不过，他这样做也带来了弊端，那就是降低了行驶速度，所以在短短的几分钟之内，亨特驾驶的越野车便远远地将它抛在了后面。

很快，亨特驾驶越野车就驶出了林间小路，进入了车流如水的省际公路。敌人追到公路边的时候，亨特的越野车已经融入车流，消失不见了。

第九章

恐怖的袭击

不久后,秦天将夏雪安全地带到了梧桐路135号。虽然是第一次参加"红狮军团"雇佣兵的行动,但秦天与战友们配合默契,而且他发现这里的战士都不是酒囊饭袋,他们个个身怀绝技。

在136号街区的地下实验室,夏教授收到了女儿被救出的消息,悬着的心终于放了下来。他更加专心地投入到实验中,一种绿色的液体在管道中流动,经过伽马射线的照射,正在进行基因分离。

"迈克尔,降低伽马射线的强度,把电磁场的辐射增高一个数量级。"夏教授对他的助手说。

夏教授的助手是迈克尔博士,他得知夏雪被救出后,脸上的表情闪现出微妙的变化,当然只在一个不易察觉的瞬间。按照夏教授的吩咐,迈克尔操作实验仪器,进行伽马射线和电磁场强度的调节。

"见鬼！"夏教授气急败坏地将手中的试管扔在地上，实验又一次失败了。

"β 病毒失败的原因到底是什么？"夏教授自言自语。

迈克尔博士说："教授，也许我们采用的血液样本存在问题。"

"不会的，问题应该还是出现在细胞分离这个环节上。"夏教授恢复了平静，"我们继续实验，必须在敌人研制出 Ω 病毒之前，将 β 病毒研制成功。否则，人类就会陷入灾难。"

Ω 病毒是令当今世界所有科学家都谈之色变的一种病毒。据说敌人已经组建了秘密的实验室，正在进行 Ω 病毒的研制，而且已经进入到了人体试验的环节。前几天，市民离奇失踪的事件，就和 Ω 病毒的研制有关。

夏教授和他领导的实验团队一刻不停地进行着实验。而在梧桐路 135 号则上演了令人头皮发麻的一幕。夏雪刚刚洗了一个澡，换上了索菲亚的一套衣服。索菲亚的衣服大多热情奔放，夏雪穿在身上有些不自在。她的头发还没干，手中正端着一杯热咖啡，站在窗前，漫无目

的地看着窗外。这次被绑架的经历,让夏雪直到现在还处于恐慌之中,以至于感到自己一直处于被监视的状态。

透过玻璃窗,夏雪无意中看到一位身穿白色衬衣的男子从街道上经过,他走路的姿势看上去有些怪——高一脚,低一脚,肩膀严重倾斜,头也像落枕一样朝一侧歪着。这样一副姿势在路上行走,想不被人注意都难。夏雪的目光随着怪人移动,紧接着可怕的一幕发生了。

"啪!"夏雪手中的咖啡杯掉在了地上,紧接着是一声尖叫:"啊!"。

"夏雪,你怎么了?"秦天快速地冲到了夏雪身边。

"啊——啊——啊——"

夏雪吓得已经说不出话来了,只是瑟瑟发抖地指着窗外。

秦天向夏雪指的方向看去,顿时浑身起满了鸡皮疙瘩。那个穿白色衬衣的怪男人正抱住一个路过的人,在咬路人的脖子。

亨特也跑了过来,他手里拿着望远镜,嘴里一如既往地嚼着口香糖。通过望远镜,亨特清楚地看到,白衬

衣男人脸上五官错位，嘴角淌着黏稠的红色液体，牙齿咬在路人的脖子上死死不放。

"疯子，这人一定是个疯子！"亨特一紧张，把嘴里的口香糖吞到了肚子里。

"快报警！"赶到窗前的劳拉，立即拨通了报警电话。

"等警察来了，一切都来不及了。"亚历山大赤手空拳朝街上跑去，他可不敢拿着枪出去，别忘了这里是法治社会。

站在窗前，秦天看到亚历山大已经跑到了白衬衣男人的跟前。他二话不说，上去照着男人的脸就是一拳。在望远镜中，亨特看得更加清楚。白衬衫男人的脸被亚历山大的重拳一击，五官都在发生极度扭曲的变化。

其他人之所以没有下去帮忙，是因为他们都相信虽然亚历山大刚刚受过伤，但是对付这样一个不算魁梧的男人，简直不费吹灰之力。

白衬衣男人的嘴里还咬着路人脖子上的一块肉，他竟然一口把肉吞进了肚子里。这让亚历山大不敢相信自己的眼睛，他一阵作呕，差点吐了出来。白衬衣男人的

头像机器人那样扭动了几下,他张牙舞爪地朝亚历山大走来。亚历山大双手握拳,护在面部,摆出了一副拳击的架势。白衬衣男人像饿狗看到了食物一般,猛地朝亚历山大扑来,张开的大嘴锁定了他的脖子。

"疯子,真是个疯子。"

亚历山大被白衬衫男人的样子吓到了,他朝白衬衣男人迎面就是几拳。白衬衣男人好像没有疼痛感,一次次地朝亚历山大扑来。

"看来我们要去帮帮亚历山大了。"亨特说,他不知道什么时候又把一块口香糖放进了嘴里,估计他有强烈的口香糖依赖症。

朱莉喊道:"让我去会会他。"说着,她"噔噔噔"地向楼下跑去。她下去得太及时了,因为令人意想不到的事情发生了。那个被白衬衣咬伤的路人,突然也变得张牙舞爪,朝亚历山大扑去。他们两个一前一后,向亚历山大发起了围攻。

朱莉凌空一脚将被咬伤的路人踹倒在地,吼道:"你也疯了吗?"

路人扭动着从地上爬起来,他的脖子还在淌血,嘴巴张得老大,一句话也不说,只是鼻孔喘着粗气,他朝朱莉走来。

亨特再也看不下去了,第二块口香糖又不小心溜到了嗓子眼,卡得他好一阵咳嗽。他丢下望远镜,神情慌张地说:"看来问题没有那么简单,那个人不是疯子,而是变异人。"

"呜哇——呜哇——呜哇——"警笛声急促地响起,劳拉报警后,警车已经朝这边开来了。

"不许动!把手举起来!"警察从车上下来,把枪对准了亚历山大。

"喂,你们搞错了,我是来制止这个疯子的。"亚历山大指着白衬衣男人,朝警察大喊。

一个年轻的警察冲在前面,另一个中年的警察躲在后面,他们把枪口转向了白衬衣男人:"把手举起来,你所说的话将成为呈堂证供。"

白衬衣男人哪管警察这一套,他扭动着身体朝警察走来,手还不停挥舞着,嘴角的鲜血不停地滴在地上。

前面的年轻警察瑟瑟发抖地说:"你——你别过来,再过来我就开枪了。"

"胆小鬼,闪到后边来。"中年警察说完一把将年轻警察拉到自己的身后,从腰间掏出手铐,朝白衬衣男人迎了上去,说:"你老实点,跟我回警局走一趟。"

说着,他把手铐朝白衬衣男人的手铐去。白衬衣男人突然一把抓住中年警察的手,用力向怀里一拉,把他抱住了。紧接着,白衬衣男人张开血盆大口,朝着中年警察颈部的粗血管咬去。亚历山大眼疾手快,一把揪住白衬衣男人的头发向后一拉。

"还不快开枪?"亚历山大朝年轻警察大喊。

年轻警察此时已经抖如筛糠了,他是刚刚从警校毕业的学生,哪里见过这种场面。

"真没用!"朱莉一把夺过了年轻警察的手枪,毫不犹豫地朝白衬衣男人开了一枪。这枪打在了白衬衣男人的肩上,他身体向后抖了一下,竟然继续朝中年警察的脖子咬去。

"砰!砰!砰!"朱莉连发三枪,她不再手软,枪枪

击中白衬衣男人的要害部位。白衬衣男人倒在了中年警察的身上，他终于结束了可悲的生命。

中年警察吓傻了，他站在原地一动不动，面色苍白，"呼哧——呼哧——"地喘着粗气。这还不算完，那个被白衬衣男人咬伤的路人也开始发狂了，他朝中年警察冲来。

亚历山大拿着警察的手铐拦了上去，快速将发疯的路人铐了起来。"快带他去医院，应该还有救。"亚历山大冲警察大喊。

被吓傻的年轻警察这才缓过神来，将受伤的路人装进警车，和中年警察一起开着警车，拉响警笛朝医院疾驰而去。

第十章

雷森公司

朱莉和亚历山大看了看躺在地上的白衬衣男人,想从他身上找出答案。朱莉发现他的脖子上挂着一个工作证,上面写着:雷森公司。这是一家什么样的公司呢?他的员工又为何变成了袭击路人的疯狂者?

"朱莉,亚历山大,立即返回!"此时,耳机中传来亨特的声音。

临走时,朱莉掏出手机拍下了白衬衣男人的照片。不久,警察局会有专业的人士来封锁现场,进行数据采集。

"快到网上查查这家公司。"朱莉一进屋便把照片亮出来,让大家看。

秦天打开电脑,在搜索引擎中输入"雷森公司"进行搜索。结果很快便出来了,这是一家生物制药公司。

"制药公司的员工为什么会变成疯子呢?"布莱恩不

解地问。

"那个人不是疯子,是吸血鬼。"亚历山大回想起刚才发生的事情,心里就害怕。

亨特问道:"雷森公司的地址在哪里?"

"在远郊的开发区,单向街38号。"秦天通过智能地图查到了这家公司的准确地址,还有俯视图,"这家制药公司有三排厂房,厂区占地面积大约二十亩。"

"我觉得这家制药公司肯定有问题,咱们马上去看看。"亨特说着穿上了外套。

索菲亚有些不情愿:"我看咱们还是不要多管闲事为好。"

"这不算多管闲事。"亨特已经拿起枪,"我怀疑这家制药公司就是敌人的基因病毒制造基地,而今天这个穿白衬衣的疯子就是他们的试验品。"

"走吧,兄弟们还在等什么?"亚历山大拿起他的野牛冲锋枪,"搞不好会有一场恶战,要多带些家伙。"说着他又往战术背心上挂了几个手雷。

"夏雪,你在这里等我,哪儿都不要去。"秦天掏出

一把手枪递给夏雪,"这个给你防身,只要打开保险,一扣扳机便可以发射了。"

"我不要一个人留在这儿。"夏雪拉住秦天的手,"我要跟你们一起去。"

"那里很危险,你不能去。"秦天提起突击步枪,将压满子弹的弹夹插到枪身上,"我会通知夏教授来这里接你。记住,在夏教授来之前,你千万不要出去。"

"秦天,你怎么婆婆妈妈的。"亨特已经等得不耐烦了,他嚼着口香糖对其他人说:"这个中国小个子太娘了。"

"亨特,你不觉得自己的话太多了吗?"劳拉很反感地说。她讨厌话多的男生,尤其是无聊话太多的男生。

秦天朝院子里跑来,亨特几人早已在车里等候多时,他打开车门坐了进去,一句话也没说。他心里还惦记着夏雪,担心她不听自己的话,一个人走出院子。

亨特将越野车里的音响开得老大,放着重金属音乐,他的头随着音乐不停地摇晃,嘴里依旧嚼着口香糖。看他的样子不像是去参加战斗,反而倒是像去参加一场演

唱会。

"喂！亨特，能把音乐声调小点儿吗？"劳拉朝前面大喊，因为她看到秦天很不耐烦的样子，所以替他说话。

"劳拉，你这个人太无趣了。"亨特通过车内的观察镜看着劳拉，"我们需要激情，这样才能敢于挑战一切。"

越野车已经驶入了开发区，拐入单向街，一个硕大的标牌进入众人的视线：雷森公司。车开到门口，令大家感到奇怪的是，偌大的一家企业竟然大门紧闭，而且没有一个保安。

亚历山大从越野车上下来，双手抓住工厂的大门用力一拉，他硕大的身躯竟然灵活得如猴子一般，轻松地翻到了门的里侧。

"带上家伙，上！"亨特将他的巴雷特狙击枪斜背在身后，紧随亚历山大，也翻进了工厂的院子里。

厂区里除了几个人落到地面的脚步声，再也听不到任何响动了。这种莫名其妙的静让人心里发毛，每一根神经都像拉满的弓弦绷得紧紧的。亨特走在队伍的最前

面,他将手伸到背后握住枪身上部向前一转,枪口从腋下转出,朝向前方。大家都以警戒的战斗姿势前进,双腿弯曲,上半身向前倾,两眼灵敏地环视四周。

"GO!"亨特朝身后的队友做出了前进的手势,示意大家朝一号车间的方向走。一号车间的大门紧闭,大家看不到里面的情况。亨特示意大家躲到大门两侧,然后小心翼翼地去推门。

"吱——"当门发出细长的声音时,空荡的厂房里好像也出现了慌乱的声响,里面好像有人。

秦天的身体紧贴着门闪了进去,他用枪上安装的战术照明灯朝声源的方向照去。一个身影晃了一下,消失在一个大箱子后面。

"你是谁?"朱莉的声音好像是警官在质问犯人。

没有人回应,这让厂房里的气氛变得更加紧张。

秦天朝那个大箱子走去,其他人则按照防御队形,各自朝着一个方向前进。当走到大箱子旁时,秦天听到前方传来了细微的响动。光线照过去的时候,一个抱住膝盖,坐在地上瑟瑟发抖的女人出现了。

"不——不要过来！"女人惊恐地挥舞着手，好像受到了惊吓。

索菲亚走过来，手搭到这个女人的肩上，细声说："不要怕，告诉我这里到底发生了什么？"

女人的身体向后躲闪着，缩到角落里。秦天这才看清了她的脸，那是一张戴着黑框眼镜、文文静静的脸。

"快，快离开这里！"女人突然扶着箱子站了起来，"这里有好多生化幽灵。"

"生化幽灵？"朱莉马上想起了被击毙的白衬衣男人，于是打开手机把他照片展示出来问："你认识这个人吗？"

女人的目光刚刚转到手机上的照片，便惊恐地用手抱住了头："他……他是我的同事杰克，他已经被生化幽灵感染了。"

听了女人的话，大家这才知道了白衬衣男人攻击路人的原因，原来他已经成为了一个被生化病毒感染的变异人。

"告诉我,这里到底发生了什么?"秦天说话的样子很凶,女人吓得往角落里缩去。

索菲亚握住女人的手:"不要怕,我们是来帮助你的,你只有告诉我们真相,才能拯救更多的人。"

"好吧,我告诉你们。"女人长长地出了一口气,"我叫艾琳,是雷森公司的一名办公室文员。起初,我以为雷森公司是一家普通的制药公司,当然这里绝大多数的员工都和我一样被蒙在鼓里。"

"那么,实际上雷森公司是做什么的呢?"索菲亚追问。

艾琳的情绪稳定了很多,她继续说:"后来,我发现雷森公司以制药为幌子,背地里却在进行一种病毒的研究。这种病毒叫Ω病毒,将它注入人体会引起机体的变异,成为更强大的人类。"

艾琳的话让索菲亚有些迷惑了:"既然Ω病毒能让人类变得更强大,那为什么你的同事会在大街上攻击路人呢?"

"Ω病毒具有不稳定性,副作用就是会产生攻击性。而且,昨天被注入Ω病毒的试验品被不明病毒感染,试

验品变得失控起来,他们变成了生化幽灵,疯狂地攻击公司的员工,只要被咬到的人就会发生变异。"说到这里,艾琳的脸上露出无比恐惧的表情。

"结果呢?"索菲亚急迫地想知道后来都发生了什么。

第十一章

被困地下

说到这里,艾琳控制不住地哭了起来:"结果,几乎公司里所有的人都被生化幽灵攻击了。"

"你们为什么不逃跑,不报警?"索菲亚瞪大眼睛问。

艾琳不停地摇着头:"没用的,雷森公司在进行不可告人的研究,当发生不可控制的事件时,公司老板立即启动了防御系统,这里所有的人,连同生化幽灵都被关起来了。"

"太没人性了,简直是丧心病狂!"亚历山大愤愤地说,拳头攥得紧紧的。

细心的朱莉对艾琳的话将信将疑,她问道:"既然所有的员工都被关了起来,那你是怎么逃出来的?还有那个穿白衬衣的男人?"

艾琳迟疑了一下,答道:"当时我不在厂房内,所以逃过了一劫。而我的那位同事是如何逃脱的,我也不知道。"

朱莉看着艾琳的眼睛，觉得艾琳在撒谎，穿白衬衣的男人逃出时已经被生化幽灵感染，而面前的这个女人又怎么能逃过生化幽灵的攻击呢？想到这里，朱莉突然一把抓住艾琳的衣服，扒开衣领，寻找被生化幽灵咬过的痕迹。

艾琳立刻明白了朱莉的用意，她用力推开朱莉的手，惊恐地喊："我……我真的没有被生化幽灵咬过，不信你们看。"艾琳主动把袖子和裤腿挽起来给大家看。

秦天有些看不下去了，对朱莉说："你凭什么怀疑她？她也是受害者。"

朱莉冷冷地对秦天说："妇人之仁！如果她被生化幽灵咬过，就会变成和生化幽灵一样可怕的变异人，那她随时可能攻击咱们。"

秦天不理朱莉，而是对艾琳说："我相信你。请你带我们到厂房里去，我们要去解救那些无辜的人。"

"不，我不去，一旦进去就会被生化幽灵攻击，根本逃不掉。"艾琳拼命摆手。

亨特嘴里还在嚼着口香糖，"不要怕，有我们呢！"

他挥了挥手中的枪,"我可是百发百中的神枪手。"

艾琳低着头犹豫不决,过了好一阵,她才慢慢地抬起头:"好吧,为了拯救我的同事,我带你们去。"

亨特掏出一块口香糖递给艾琳:"美女来一块,它能缓解你紧张的情绪。"

"谢谢,你自己留着吧。"艾琳好像一下子变得镇静多了,"你们跟我来。"

厂房里一片漆黑,艾琳轻车熟路地打开了厂房里的灯。布莱恩警觉地环视四周,厂房里摆放着一些叫不上名字的制药机器。他低声问道:"生化幽灵和你的同事都被关在哪里?"

艾琳小声地说:"你们跟我来。"她朝一个大型的鹅卵形容器走去,其他人则端着枪小心翼翼地跟在后面。

突然,艾琳回过头,脸上露出阴险的笑容。

劳拉看到艾琳的表情,马上意识到大家中计了。可是,一切都已经晚了。

"啊——"

脚下的地板突然裂开,伴随着一声惨叫,他们的身

体急速坠落，然后狠狠地摔在了地上。

亨特摔得最惨，他龇牙咧嘴地说："索菲亚，你可以从我的身上挪开了吧？"

索菲亚朝亨特一笑："我说怎么感觉屁股底下这么柔软呢，原来是坐在你的身上了。"

秦天朝头顶望去，艾琳正探着头往下面看。

"你到底是什么人？"秦天瞪着艾琳问。

"哼哼！"艾琳一阵冷笑，"就让你们死个明白，我就是雷森公司的老板，当生化幽灵的试验失败后，启动防御系统的也是我。"

"原来是你！"布莱恩咬牙切齿地说，"你怎么能把自己的员工和生化幽灵关在一起，这不是让他们都跟着送命吗？"

"我也没办法，凡是知道这个秘密的人都要死，包括你们。"艾琳的面部表情极度扭曲。

"去死吧！"亚历山大大喊了一声，举起枪朝洞口的艾琳射去。

艾琳反应很快，看到亚历山大举枪的动作便向后撤

了一步，子弹贴着她的身体射到了厂房的天花板上。头顶的洞口慢慢地闭合，下面也变得逐渐黑暗起来。

"你们就等着被生化幽灵咬死吧！啊哈哈！"艾琳的声音从快要关闭的洞口传来。

在最后的一道光线消失后，洞口被彻底关闭了。一只大手从朱莉的身后伸来，搭在了她的肩膀上。

"啊！"朱莉惊恐地叫了一声。

"是我，朱莉。"亨特的嘴里还在嚼着口香糖。

"你这个讨厌的家伙！吓了我一跳。"朱莉的心脏还在猛烈地跳动，就像一只拳头在胸腔里敲打着自己，"我还以为是生化幽灵呢！"

"你的胆子也太小了吧？"亨特故作轻松，将一块口香糖递给朱莉，"来一块，可以帮助你放松一下。"

朱莉没有拒绝，将口香糖放进嘴里机械地咀嚼着。

秦天和劳拉打开战术手电筒，朝四周照去，这才发现这是一个地下实验室。这里到底有多大，目前的光线还不能看清楚。为了节约用电，其他人的战术手电筒都没有打开，因为他们不知道要在黑暗的环境中待多久，

所以必须做好打持久战的准备。

"这里有楼梯,我们往下走,说不定可以找到出去的路。"劳拉向下照去。

"让我先下去。"布莱恩挡在了劳拉的身前,他一贯具有绅士风度,在危险的时候,绝对是男士优先。

劳拉在布莱恩的身后为他照路。布莱恩双手端着枪,一只脚已经迈了下去。地下实验室里很静,以至于布莱恩的脚步声像是从外太空传来的神秘之音。

"嗵!嗵!嗵!"

突然,布莱恩感觉到自己的脚脖子好像被人抓住了。他还没来得及反应,整个人便被拽了下去。

"布莱恩!"劳拉惊恐地大叫了一声。

布莱恩看不清是什么东西把自己拽了下去,但凭借过硬的特种作战技能,他顺势用另一只脚朝对面踹了过去。

"嗷——"只听一声野兽般的怒吼,布莱恩的脚被松开了。他的身体随之掉在了地上,此时劳拉将手电筒的光线照过来。

眼前是个人不人鬼不鬼的家伙,他的脑袋就像一个

蒙着皮的骷髅，嘴巴比常人大三倍，张开的时候可以轻松地放进一个拳头。

这个怪家伙扭了扭脖子，伸出大手再次朝布莱恩扑来。他的手指没有皮肤包裹，只有暴露在外面的骨节，让人不寒而栗。

布莱恩的身体向旁边一闪，这个怪家伙扑空了。

"嗷——"他不时发出怪叫，继续朝布莱恩发起攻击。

索菲亚可没心思跟这个怪家伙周旋，立马开枪射击。子弹从背后射中了怪家伙，他的身体抖动了几下，慢慢地转了过来，好像要找索菲亚报仇。

"砰！砰！砰！"索菲亚做事干净利落，从不拖泥带水，她一连击发了三枪，枪枪命中怪家伙的要害。怪家伙的手伸到索菲亚的面前，但是还没有碰到她的脸便栽倒在地上。

"这就是生化幽灵吗？"索菲亚垂下拿着手枪的那只手，"我看不过如此。"

秦天蹲在地上仔细观察被射杀的这个生化幽灵。一股酸臭的味道从生化幽灵的身体中散发出来，就像夏天

里从垃圾堆里飘出来的令人作呕的气味。

"这个人好面熟。"秦天端详着生化幽灵，自言自语。

亨特的嘴巴还在吧唧吧唧地嚼着，问："没搞错吧！你竟然认识生化幽灵？"

"我不认识，但是我见过他的照片。他就是前段时间离奇失踪的市民之一。"

夏雪失踪的时候，秦天曾经在网上查找警方发布的信息，当时他浏览过这个人的照片和资料。

"别在这里浪费时间了，咱们要尽快想办法出去。"朱莉的情绪有点儿激动，她的心里在承受着无形的压力。

秦天将手电筒的光线向前照去，前面是一道门。他走在最前面，慢慢地靠近了那扇门。劳拉向后拉动枪栓，将子弹推进枪膛里，枪口抬起来，随时准备应对可能出现的生化幽灵。门是虚掩的，秦天轻轻地去推那扇门，细小的开门声撞击着每个人的心底。劳拉举着枪警觉地移动着枪口的位置，以便保护前面的秦天。

一切正常，生化幽灵并没有出现。面前出现了两条狭窄的隧道，一条向左，一条向右。

第十二章

寻找出路

劳拉看着这两条隧道，问："咱们走哪一边？"

"老办法，分成两组，一组走左边，一组走右边。"亨特说。

索菲亚摇着头，说："那样会分散战斗力，如果遇到生化幽灵会吃大亏的。"

"如果不分开，一条路走不通还要再返回来，太浪费时间。"亨特坚持自己的看法。

"那好吧，我和秦天一组。"劳拉说着站到了秦天的身边。

朱莉瞥了劳拉一眼，心想：她怎么如此喜欢这个刚刚加入的臭小子呢？

布莱恩站到了劳拉身边："我和劳拉一组。"

"喊！"朱莉挤出了一声酸酸的怪气。只有到了关键时刻，才能看出谁和谁的关系最好。

"OK！剩下的人跟我一组。"亨特没等其他人发表意见，便做出了决定。

索菲亚早就把亨特的心思看透了，她扭动着腰肢走到亨特身边，说："放心，我们是不会抛弃你的。"

亨特朝索菲亚一笑，说："你总是这么善解人意。"他的语气怪怪的，似乎话中有话。

"你们走哪边？"秦天已经等不及了。

亨特看了看两条隧道，说："我们左，你们右。注意随时通过对讲系统联系。"

秦天转身进入了右面的隧道。手电筒的光线沿着隧道向前照射而去，光线被前面的墙壁拦截下来。这说明，隧道要么在前面出现了拐弯，要么到了尽头。隧道很窄，不能够容纳两个人并肩通行，所以三个人排成一条线向前走去。在光线被拦截的地方，果然出现了一个向右转的弯道。

走在最后面的布莱恩突然有了一个想法："我感觉咱们走的这条隧道和亨特他们走的那条隧道是相通的，只不过一个是出口，一个是入口。"

劳拉和秦天都觉得有道理,因为隧道很窄,只能容下一个人通过,不能同时往来。所以,很有可能一边的隧道是入口,而另一边的隧道是出口。

"我觉得也许没有这么简单。"劳拉转念一想,"没准儿这两条路有一条是不归路,而另一条可以通向出口。"

这些都只是猜测,秦天的脚步没有停下,他只相信自己的眼睛。隧道很长,足足走了五分钟还没有看到尽头。劳拉突然觉得头顶有水滴到了自己的额头上。

"这上面应该还有一层,或许是水的管道。"劳拉说着,朝头顶照去。

"啊——"这一照不得了,劳拉顿时发出了惊恐的尖叫。

血,从隧道上面滴下来的不是水,而是鲜红的血。劳拉用手背在额头上一擦,手背立刻被血染红了。隧道上为什么会有血渗下来?这血又是从哪里流出来的呢?越来越多的谜团,越来越惊悚的遭遇,令劳拉越来越害怕了。

"你们听,好像有人。"布莱恩小声地说。

秦天和劳拉都竖起了耳朵,去捕捉布莱恩所说的声音,但是他们都没有听到。

"布莱恩,你是不是幻听了?"劳拉紧张地拉着布莱恩的袖子。

布莱恩拍了拍劳拉的手:"别紧张,咱们继续往前走走看。"

秦天依旧走在最前面,布莱恩走在最后面。走在中间的劳拉感觉心里踏实了很多。隧道又出现了一个拐弯,这次是向左拐。秦天的身体刚刚转过来,迎面就撞到了一个人的身上。

"啊!"

"谁?"

两个人都吓得倒退了一步。劳拉举起她的手枪,做好了射击的准备。

对面的人声音颤抖地问:"你们是人,还是鬼?"

"废话,我们当然是人。"秦天的枪口也对准了对面的人,因为他无法判断这个人是不是生化幽灵。

"人!"对面的人欣喜若狂,"我终于见到人了,你

们是来救我的吗?"

"你到底是谁?"

劳拉把手电筒的光线照到了这个人的脸上,发现这是一个二十岁出头的男子,看上去很干练的样子。

"我是雷森公司的员工,昨天正在地下实验室工作,突然所有的通道都被关闭了,然后出现了很多可怕的生化幽灵。"这个人绘声绘色地描绘着,"员工们被生化幽灵咬伤,也变成了生化人。"

秦天对这个人的话将信将疑,因为他们已经被艾琳骗过一次了,所以对这里的人提高了警惕。

"你叫什么名字?为什么你没有被生化幽灵感染?"劳拉怀疑地问。

"我叫皮特,是雷森公司的电工。发生灾难的时候,我正在天花板上的通道里维修线路,所以目睹了这一切,也因此没有被生化幽灵咬伤。"

"你是电工?"秦天惊喜地问,"那你能让这里恢复电力供应吗?"

皮特点点头,说:"电机房就在里面,不过我不敢

去，因为那里肯定有生化幽灵。"

"走！去电机房。"秦天对皮特说，"只有这里恢复了照明，我们才能更快地找到出路。"

皮特很害怕，他躲到了秦天的身后："你在前面走，我告诉你路线。"

身后的劳拉用枪口顶住皮特的后腰，狠狠地说："你千万别耍什么花样，否则本姑娘的子弹可不长眼。"

皮特两腿发抖，说："我怎么会耍花招，只有你们才能保护我，把我带出这个人间地狱。"

在皮特的指引下，秦天朝电机房的方向走去。刚刚走出隧道，秦天便感觉到有水从头顶淋下来，头发和衣服很快就湿了。原来是消防系统被启动，头顶上的消防喷头正在向下喷水。

"你们最好把手电筒关掉，以免把生化幽灵引来。"皮特躲在秦天的后面小声地说。

劳拉问："关掉手电筒，你还能找到通往电机房的路吗？"

"没问题，我闭着眼都能找到那里。"皮特很自信地说。

秦天关掉手电筒,周围立刻变得漆黑一片,伸手不见五指了。

"你们跟我来。"皮特在黑暗中向前摸索着前进,没过多久就来到了电机房的门前。

门被轻轻地推开,皮特对秦天说:"电源控制开关就在前面,你可以把手电筒打开了。"

秦天打开手电筒朝前面照去,看到了一个控制电路的操作台。皮特走上前去,熟练地将一个开关打开。电力机房里的灯立即亮了起来,而外面还是一片漆黑。

突然,皮特感觉到有一只手抓住了自己的小腿。紧接着,他被人用力一拽,便仰面朝天摔倒在地上,不知道被什么东西往操作台的下面拖去。

"快救我!"皮特惊恐地大喊。

布莱恩迅速地抓住皮特的胳膊,用力地将他向外拉。操作台下面传来一声怒吼,这声音他们太熟悉了,绝对是生化幽灵发出的。

生化幽灵的力气好大,皮特的身体眼看着就要被拖进去了。劳拉赶紧跑过来帮忙,和布莱恩一起把皮特往

外拽。

秦天则转到了操作台的后面,看看能不能找到生化幽灵。

奇怪,操作台距离地面的缝隙不到20厘米。这么窄的缝隙,生化幽灵是怎么钻到操作台下面去的呢?

第十三章

遭到袭击

布莱恩和劳拉的力量加在一起勉强拽过了生化幽灵。他们把皮特的小腿慢慢从操作台下面拽了出来,同时还拽出了一双血淋淋的手。这双生化幽灵的手死死地抓住皮特的腿,如同钉子一般的手指已经插进了皮特的肉里。

"啊——啊——啊——"皮特不停地嘶叫着,面部表情因极度痛苦而扭曲着。

秦天跳上操作台,朝着生化幽灵的手臂就是两枪。生化幽灵的手臂中枪,手指一松。劳拉和布莱恩抓住机会,奋力将皮特从生化幽灵的手中救了出来。皮特坐在地上,看着自己受伤的腿,痛苦地呻吟着。劳拉打开随身的急救包,从里面掏出消毒水,倒在皮特的伤口上。

"啊——"皮特又是一阵撕心裂肺的惨叫。

"兄弟,像个男人一样,忍着点!"劳拉一边鼓励皮特,一边将白色的纱布快速地缠绕在他的伤口上。

秦天将枪口对准操作台下面的缝隙，连续向里面开了几枪，希望能击中藏在下面的生化幽灵。几枪过后，操作台下面变得异常安静。秦天猜测生化幽灵已经被打死了，于是他把头探到旁边朝下面看去。突然，一只大手从下面伸了出来，一下子抓住了秦天的脖子。布莱恩赶紧开了一枪，生化幽灵才松开了手。

劳拉刚刚把皮特的伤口包扎好，还没来得及站起来，便看到一个被挤扁的脑袋正从操作台的下面往外钻。她简直不敢相信自己的眼睛，生化幽灵的脑袋竟然能够变形，看来他们的骨骼已经发生了变异。转眼间，生化幽灵已经从操作台下面钻了出来，张开充满黏液的大嘴，朝秦天的脖子咬来。

秦天向旁边一闪，抬起枪托砸向生化幽灵的后背。生化幽灵被砸得差点倒在地上。

皮特看着差点倒在自己身上的生化幽灵，吓得坐在地上向后倒退了好几米。

"砰！砰！砰……"

劳拉接连朝着生化幽灵开枪，直到一个手枪弹夹里

的子弹全部被打光。生化幽灵发出一声声怪叫，扑倒在劳拉的脚下，一只向前伸出的手临死前还抓住了劳拉的裤脚。劳拉心有余悸地去擦额头上的汗，抓紧时间换上了一个装满子弹的新弹夹。

突然，劳拉感到背后一阵凉风袭来。

"劳拉，快闪开！"秦天一声大喊，同时将枪口转向门口的方向。

劳拉的身体向右侧一闪，同时转头朝门口的方向看去。原来，刚才那阵凉风是门被推开时产生的，而推开门的正是生化幽灵，并且不止一个。

"哒哒哒——"秦天朝着门口的生化幽灵一阵急速地射击。最前面的生化幽灵被子弹连续击中，身体猛烈地抖动了几下之后，一头栽倒在地上。

"布莱恩，快关门！"秦天朝布莱恩大喊。

布莱恩跑到门的侧面，用肩膀顶住门想把正在往里冲的生化幽灵关在了外面。好几个生化幽灵一起往屋里挤，布莱恩根本没有他们力气大。劳拉也过来帮忙，同时还不停地向挤进门缝里的生化幽灵开枪。

在强大的火力之下，生化幽灵勉强被击退到了门外。劳拉和布莱恩赶紧把门插上。可是，光靠门锁的力量根本无法阻止生化幽灵。他们把屋子里一切可以利用的东西都堆到了门口。在一阵忙活之后，三个人这才气喘吁吁地停了下来。坐在地上的皮特早就被吓得魂不附体了，可是令他更加丧胆的事情还在后面呢！

"嘭！嘭！嘭……"一阵阵急促的敲击声从屋子的四面传来。

秦天朝四面看去，不由得倒吸了一口凉气。数不清的生化幽灵已经将电机房包围了，他们正用拳头敲击着房间四周的有机玻璃窗。他们贪婪地看着困在屋里的人，不停地发出饥渴而兴奋的吼声，俨然把屋里的人当成了猎物。

"怎么办？怎么办？"皮特浑身发抖，"我们都要被吃掉了。"电机房的门被撞得晃动起来，眼看就要被撞开了。

"皮特，你快把地下实验室里所有的灯都打开，分散生化幽灵的注意力。"秦天一把将皮特从地上拉起来。

秦天分析由于皮特刚才只打开了电机房里的电灯，

所以在漆黑的地下实验室中,这里便成为了最引人注目的地方,以至于生化幽灵被大量地吸引过来。

皮特的手颤抖着按下了操作台上的几个按钮,整个地下实验室顷刻间变得亮如白昼。黑暗中突然亮起的强光,令生化幽灵的眼睛受到了刺激,眼前变得模糊起来。

"快把电机房的灯关掉。"秦天朝皮特大喊。

皮特的脑袋有些发蒙,他按下一个开关后不但没有把机房里的灯关掉,反而把机房外面的灯都关掉了。生化幽灵又处在了一片漆黑之中,而机房则成了万众瞩目的焦点。生化幽灵们摇晃着身子,挥舞着手臂,手指挠在玻璃上发出令人胆颤的声音。

皮特急忙又按下了几个按钮,外面的灯重新亮了起来。生化幽灵们都被弄糊涂了,他们静止了几秒钟,然后又回过神来,继续朝屋里张牙舞爪地扭动身子。

一声清脆的响声过后,电机房里的灯终于被关闭了。此时,外面灯火通明,而屋里却一片漆黑。屋里的人可以清楚地看到外面的生化幽灵,而外面的生化幽灵却看不到屋里的人了。

撞门的声音和挠玻璃的声音瞬间停止了。秦天他们看到围在电机房外的生化幽灵开始慢慢地向四周退去,他们紧张的情绪也慢慢放松下来。

"等生化幽灵走远了,咱们就悄悄溜出去。"劳拉坐在地上,后背靠着操作台,拿起水壶喝了一口水。

皮特面部的肌肉开始不停地抽动,他被生化幽灵抓伤的腿好像在发生着微妙的变化,一股股不明的力量顺着血液循环传递到全身的每个细胞。不过,他的意识还是很清醒的:"咱们要想走出去,只有一个办法了。"

"什么办法?"布莱恩急迫地问。

皮特的嘴角抽搐了一下:"穿过前面的实验室,可以爬进屋顶的一个电力线路通道,从这个通道可以爬出地下实验室。不过,这条路很危险,如果不是遇到你们,我是不敢走的。"

"咱们有枪,在生化幽灵中杀出一条血路,应该可以到达你说的地方。"布莱恩很有信心地说。

"走,咱们出发吧!"说着秦天开始把挡住门前的东西挪开。劳拉和布莱恩则端着枪警惕地站在他的身后,以防不测。

当挡在门前的最后一张桌子挪开后,秦天小心翼翼地将门向里拉开,外面的光亮立刻通过敞开的门投射进来。门外并没有生化幽灵,秦天放心地走了出去。

突然,门口上方垂下来一根粗大的尾巴,一下子将秦天的脖子卷住了。秦天顿时觉得呼吸困难,他双手抓住这根尾巴用力往外掰,好让被勒紧的咽喉能吸进一些气来。

劳拉举起手枪朝着这根粗大的尾巴就是一枪,子弹从尾巴中穿过,留下一个圆圆的弹孔,但是这根粗尾巴并没有放开秦天。布莱恩见子弹不能将尾巴射断,便挥起匕首朝它砍去。

血喷溅而出,将布莱恩的衣服染成了红色。那根尾巴被砍断了,但是仍旧死死地缠着秦天的脖子,而且还一扭一扭地晃动着。劳拉冲过去,帮助秦天将这根断尾掰开。布莱恩则朝门的上方看去,寻找这根断尾的主人。

"这,这是什么东西?"皮特也看到了趴在墙壁上的怪物,它的眼珠子都快瞪出来了。

原来在门上方的墙壁上趴着一只巨大的壁虎,它的身体在尾巴断掉后也足足有两米长,活活像一条凶猛的鳄鱼。布莱恩将枪口对准变异的巨型壁虎,"嗒!

嗒！嗒……"，一阵猛烈扫射。子弹密集地射在变异壁虎的身上，一个个弹孔中涌出散发着恶臭的血液与体液的混合物。

变异的巨型壁虎从墙壁上掉下来，落在布莱恩的脚下。临死前，它张着大嘴，长长的舌头吐在外面，让人看了好不恶心。

劳拉简直无法接受眼前的现实，她不可思议地说："Ω病毒不是只进行了人体实验吗？怎么动物也感染了这种病毒？"

"如果动物也感染了Ω病毒，那将是一件更加可怕的事情，它们会肆无忌惮地将这种病毒传播到各个物种的身上，到时候恐怕就真的是世界末日了。"秦天担心地说。

"咱们快想办法出去，到136号街区去找夏教授，也许他会有办法。"布莱恩说完看着皮特说："你快带路吧！"

皮特精神有些恍惚，他感觉到自己腿上的伤更加严重了，腿也似乎有些不听从大脑的指挥了。皮特用力地咬了一下嘴唇，疼痛让他变得清醒了一些。

"我们走！"皮特拖着受伤的腿向前走去。

没走几步,秦天的耳机里便传来一阵嘈杂声,紧接着是亨特的声音:"秦天,你们找到出路了吗?"

"我们遇到了一个电工,他正带着我们寻找出路。"秦天接着问道,"你们那边的情况怎么样?"

"见鬼!"耳机里传来亨特的骂声,"我们差点被生化幽灵要了命。现在的路越走越低,已经进入了一片汪洋中,水都没过膝盖了。"

"亨特,你们要小心!"劳拉接过了话,"这里出现了变异的动物,你们要加强对屋顶和墙壁的观察。"

"谢了,劳拉,还是你关心我。"亨特开始无聊起来,"等出去了,我请你吃饭。"

"你还是省省吧!"劳拉知道亨特总是放空炮。

亨特嘴里嚼口香糖的声音再次从耳机中传来:"劳拉,这次你绝对要相信我。见鬼——"亨特的话还没有说完,就传来了他惊恐的叫声。劳拉知道,亨特肯定是遇到危险了,她大声地喊:"亨特,亨特,你怎么了?"

耳机中变得异常安静,一点儿声音都没有。劳拉更加担心了,不知道亨特那边到底发生了什么。

第十四章

水下攻击

亨特正嚼着口香糖,一边在水中蹚行,一边跟劳拉通过耳机交谈,突然他感到脚被什么东西缠住了,然后整个身子向后倒去。亨特的身体砸在水面上,紧接着被拖入了水下,水面上冒出一股气泡。

亚历山大弯腰将手伸进水中想把亨特拉上来,可是他的手刚伸进水中,就感觉到一阵剧痛,手臂好像被剪刀夹住了一样。他发出一声惨叫,将手从水下费力地拔出来,一对"大钳子"死死地夹住了他的手臂,那是一只硕大的龙虾。

这种龙虾通过下水管道流入地下实验室,被Ω病毒感染后,迅速发生变异,体形增大了十多倍。龙虾的黑眼珠在头顶滴溜溜地乱转,两只大钳子越夹越紧,亚历山大的手臂已经淌出了血。

"去死吧!"旁边的索菲亚直接将枪口抵住了变异龙

虾，扣动扳机，一声枪响过后，子弹穿过龙虾的身体。变异龙虾的身体中喷出一股黏稠的液体，溅到了索菲亚的脸上。

亚历山大用力一甩，已经苟延残喘的龙虾从他手臂上掉了下来。

此时，被不明生物拽到水下的亨特还在奋力拼搏。他的脚踝处被触须缠绕着，一股黑臭的液体迎面而来。亨特紧闭着嘴，用一只手捏着鼻子，但还是被熏得头脑发昏。情急之下，亨特在水中乱放了几枪，但是丝毫没有起到作用。就在亨特被拽下水的位置，几根比大拇指还粗的触须在水面上时隐时现，朱莉看准机会一把抓住了一根触须。

朱莉本想把水下的不明生物拽上来，可是没有想到这家伙的力气很大，反而差点把她也拽进水里。无奈之下，朱莉只好从腰间抽出匕首，将触须割断。被割断的触须快速缩进水中，紧接着又是一股黑如墨汁的液体从水中涌起，恶臭味儿随之弥漫在空气中。

"快戴上防毒面具！"索菲亚大喊一声，因为她感觉

到这种气味是一种能够麻痹神经的毒气。

大家熟练地将防毒面具从位于身体右侧的挎包里取出,快速套在头上。防毒面具最大的特点是有一个凸出的"猪鼻子",这里面装的都是可以净化毒气的物质,经过猪鼻子的过滤,便可以安全地呼吸了。

亨特可就没那么走运了,此时他已经神志不清。亚历山大和朱莉一起从水下捞起亨特,企图将他救出来。两个人协同用力,亨特的身体浮出了水面。索菲亚看到缠在亨特脚上的触须,手起刀落将触须割断。那个始终没有露出庐山真面目的不明生物将割断的触须缩进水中,消失不见了。

亚历山大将防毒面具套在亨特的头上。朱莉则急忙从应急包里掏出一支细细的针管,将盖在针头上的帽儿拔掉,二话不说就扎进了亨特大臂的肌肉中。针管里有一种透明的液体,朱莉将这种液体注射到亨特的体内。这是特种兵在作战时随身携带的一种解毒针,能够应付战场上大多数的神经性毒剂。

"咳!咳!"亨特在接受过注射后,咳嗽了两声,从

嘴里吐出了一块口香糖。他用力地晃了晃脑袋,眼前的事物开始从模糊变得逐渐清晰。

"亨特,搞不好哪天你会被自己的口香糖噎死。"索菲亚说。

亨特强笑着说:"和漂亮的女生做搭档,要时刻保持口气清新。"这就是亨特,一个永远的乐天派,也是一个有些无聊的人。

朱莉紧张地看着水面,感觉到一股杀气,她惶恐地说:"咱们快离开这里,我担心那个怪物不会善罢甘休的。"

"咱们该往哪里走?"索菲亚心里直打鼓,"说不定水下面还有更多可怕的怪物。"

"反正不能后退,退回去就是死路一条。"朱莉斩钉截铁地说。

亚历山大抬头向四周望去,看到在距离地面3米来高的位置,有两根粗粗的管道,估计是水管或者暖气的管道。

"咱们走上面。"亚历山大指着这两根管道说。

"这是个好办法。"索菲亚赞同。她转身对亚历山大说:"你先把我送上去。"

亚历山大点点头:"愿意为美女效劳。"

"你别跟亨特学得油嘴滑舌的。"索菲亚说着,双手按住亚历山大的肩膀,向上一跃。

亚历山大的两只大手稳稳地拖住了索菲亚的双脚,然后使出浑身的力气向上一抛。索菲亚的身体腾空而起,双手抓到了其中的一根管道,身体在空中来回摆动了一下,腹部向上一卷,便轻松地爬到了管道上。

"朱莉,我也把你送上去。"亚历山大伸出大手,朝朱莉比画着。

朱莉的身手干净利落,在亚历山大的帮助下,她也轻轻松松地翻到了管道上面。

"亨特,你发什么愣,该你了。"亚历山大说。

亨特问:"我不是美女,也可以享受这种待遇吗?"

"少废话,你不用我帮忙就算了。"亚历山大可不喜欢废话。

亨特耸耸肩,走到亚历山大身边,说:"我可比两位

美女重,你能行吗?"

"放一百个心,就是大象我都能举起来。"亚历山大对自己很有信心。

亨特重复两位女生的动作,不过略显笨拙,费了好大劲才翻到管道上。

"该我们帮你了。"索菲亚说着,将身体倒挂在管道上,"我们把你拉上来。"

亨特也采用了和索菲亚同样的动作。两个人的力量足够把亚历山大这个大块头拽上来了。亚历山大半蹲着身体,然后猛地向上一跳。索菲亚和亨特分别抓住了他的一只手。

"一二,拉!"亨特喊出了口号。

亚历山大的身体开始被向上拔起。突然,亨特和索菲亚感觉亚历山大的身体被猛地向下一拉,他们两个差点被从管道上拽下来。

"不好,亚历山大的腿被缠上了。"朱莉大喊了一声,将手枪中的子弹推入了枪膛。

亨特和索菲亚拼命将亚历山大向上拽,不明生物的

长触须被拖出了水面。朱莉朝着这些触须连打了几枪，触须被子弹打中，有的断裂，有的出现了弹孔或裂痕。

水下的不明生物显然不肯放弃这块即将落入口中的肥肉，仍旧竭尽全力将亚历山大的身体向下拽。亨特和索菲亚已经快坚持不住了。他们咬着牙，抓住亚历山大的手死死不放。

"放下我吧，大家不能一起死。"亚历山大朝亨特和索菲亚大喊。

"屁话！"亨特咬着牙，瞪着眼，"咱们谁也不能死在这里。"

亨特的话音刚落，亚历山大的身体便猛地向下一沉，一只手差点从索菲亚的手中滑脱。

"见鬼！"索菲亚的手心出了很多汗，很难把亚历山大的手抓牢。

朱莉已经红眼了，把一个子弹压得满满的弹夹换上，对准水中不明生物的位置疯狂地射击。子弹雨点般落入水中，激起了朵朵水花，就像即将煮开的水。

一个弹夹的子弹在不到一分钟全部被射完，朱莉取

下空弹夹,愤恨地丢到水中,然后从弹袋中取出一个新弹夹卡到枪身上。她重新将枪口对准了水面,准备继续射击。很快,她看到水面被染成了一片红色,一个硕大的身躯漂浮上来。

亚历山大感到缠在自己脚上的触须突然松弛下来。亨特和索菲亚也觉得下坠的力量减少了很多。

"索菲亚,快用力。"亨特大喊。

两个人拉住亚历山大的手猛地向上用力。亚历山大也像拉单杠那样将身体向上拔起,同时腹部一卷,翻到了管道上面。三个人节奏整齐地喘着粗气,胸部也像排练过一样齐刷刷地上下起伏着。

"太玄了,今天差点把小命葬送在这个鬼地方。"亚历山大擦着额头的汗,心脏还在用力地敲击着胸腔。

"兄弟,大难不死必有后福。"亨特拍着亚历山大的肩膀,"奖励你块口香糖。"亨特打开小塑料瓶,倒出一块口香糖扔到了亚历山大张开的嘴里。

亚历山大嘴里嚼着口香糖,一股清新的味道弥漫在口中。此时,他才理解为什么亨特越是在紧张的时候越

不停地嚼口香糖，因为口香糖可以缓解人的紧张情绪，让自己更加镇静。

水下的不明生物被朱莉的狂野射击打死了，它的庐山真面目也呈现在大家面前。原来是一个硕大的乌贼，它显然也是感染Ω病毒后发生了变异。

"奇怪，这里为什么会有乌贼？"索菲亚皱着眉头问。

"鬼才知道！"亨特恢复了一贯的无聊表情，看来他已经从刚才的惊魂未定中恢复过来了。

"你们看那里！"朱莉指着不远处的一个实验台说，上面放着一个大鱼缸，但里面养的却不是鱼，而是一条条乌贼。这个大鱼缸里的乌贼体形正常，看上去并没有变异。

索菲亚猜测道："估计这些乌贼是他们的试验品。"

"不知道还有哪些物种也被Ω病毒感染了，如果不及时阻止这些生物变异，人类将面临一场浩劫。"亚历山大郑重其事地说。

没有时间停留，四个人开始站在管道上向前走去。

第十五章

逼上绝路

管道距离屋顶只有一米左右的距离,所以他们必须弯着腰,低着头,才能前行。

"亨特!亨特!"突然,亨特的耳机里传来了劳拉的喊声。

在地下实验室的另一个地方,劳拉已经连续呼叫亨特很长时间了。不久前的通话中,亨特在惨叫一声后突然失去了联系,这让劳拉很是担心。她一边跟随队伍前进,一边呼叫亨特,希望能够得到回应。

亨特的耳机进水了,所以信号时断时续:"劳拉,我是亨特。"

"哦!谢天谢地,你还活着。"劳拉的声音中充满了惊喜。

亨特又开始无聊起来:"这个世界上只有你最关心我。"

劳拉无奈地笑了笑,说:"我是关心你,不过是关心

你为什么死得这么晚。"

此时,皮特正跟在秦天的身后。"穿过前面的实验室,咱们就可以到达那条秘密的线路通道了。"皮特说话的时候,面部肌肉不受控制地抽搐了几下。

皮特被生化幽灵抓伤的腿伤情越来越严重了,伤口周围的皮肤开始变成了紫色,不时地散发出一股股的腐臭味。他感觉头好晕,口腔中的牙齿在不断地生长、变尖,都已经露到了嘴唇外边。

"咱们是向左,还是向右?"前面出现了两条路,秦天回头问皮特。

秦天回头看到皮特的表情后,不由得打了一个寒战。皮特脸部的皮肤裂出了一道道口子,就像枯死的老树皮。更加可怕的是,秦天回头的时候,正好看到皮特伸出舌头不停地舔着自己的嘴唇,他的嘴巴张得老大,正要咬秦天的脖子。秦天一把掐住皮特的脖子,问:"你要干什么?"

"我……我也不知道。"皮特使劲晃了晃脑袋,"我好像无法控制自己的意识了。"

"皮特,你要坚持住!"秦天坚定地看着他,"我们

马上就要找到出口了。只要一出去，我就带你去找夏教授，他一定有办法救你。"

皮特凸出的眼球转了转，说："咱们应该向左转弯。"

秦天松开抓住皮特的手，转身向左拐弯。刚刚转到向左的路上，就有一个生化幽灵将秦天拦腰抱住了。生化幽灵号叫着，张开大嘴朝秦天的脖子咬来。秦天一只手按在生化幽灵的脑门上，用力地将他向外推，另一只手则将枪口顶在了生化幽灵的胸部，连续发射了几发子弹。生化幽灵的身体抖动了几下，倒在秦天的怀里。

秦天用力将生化幽灵的尸体推开，咽了一口唾沫，调整呼吸，尽量稳定自己的情绪。躲在秦天身后的皮特直呆呆地发愣，喃喃地吐出了几个字："我认识他。"

"他是谁？"秦天问。

"他是和我一起负责维修电路的电工。"皮特恍惚地说，"他已经变成生化幽灵了，我也快了！"

"你不会的，皮特。"劳拉从背后轻轻地拍了拍皮特的肩膀。

"我会！"皮特突然转身，面目狰狞地看着劳拉。

"皮特，你不会的。"劳拉伸手去摸皮特的脸，"你相信我们。"

也许是劳拉的手充满了温柔的力量，皮特的情绪慢慢稳定下来。皮特低声说："我们走吧，穿过这条走廊，前面就要到达电缆的通道了。"

秦天依旧走在队伍的最前面，他端着枪屈身前进。在通道的两侧是一间间实验室或办公室。每间屋子都有一扇门，门的上面有一块磨砂玻璃。当秦天经过一扇门的时候，他似乎看到在磨砂玻璃后面有一个人头在晃动。但是磨砂玻璃的透明度很低，秦天只看到了模模糊糊的影子。

秦天将右手伸到身后，手心向下做了一个下按的动作，这是在提醒后面的人放轻脚步，压低身体，以防被敌人发现。布莱恩和劳拉都放低了身体，将脚步落得更轻。唯独皮特，他不是特种兵，所以没有看懂这个手势的含义。

四个人排成一字长龙在走廊里行进。当走在最后面的布莱恩经过一扇门的时候，门突然被推开了。布莱恩被瞬间推开的门差点撞倒在地上，同时一大群生化幽灵从门口往外涌。他们张牙舞爪，朝布莱恩扑来。幸运的

是，这群生化幽灵争先恐后地往外挤，所以大部分被卡在门口谁也出不来。当然冲在最前面的生化幽灵已经扑了上来。她竟然是一个女性的变异者，本来飘逸的长发，如今已经如同枯草一般，乱糟糟的，披在头上。

劳拉从背后一把抓住她的头发，布莱恩则照着她的肚子狠狠地踹去，生化幽灵被踹出了两米开外。

"快跑！"布莱恩大喊了一声，和队友们一起向走廊的前面跑去。挥舞着魔爪的生化幽灵从门口源源不断地挤出来，他们如同僵尸出笼，在后面紧追不舍。

看着越追越近的生化幽灵，布莱恩喊道："你们先走，我来拦住他们。"说着，布莱恩转过身来面对着生化幽灵，将枪口对准他们扣动了扳机。布莱恩根本不用瞄准，就算闭着眼也能射中如潮水般涌来的生化幽灵。

冲在前面的生化幽灵最先倒在地上，后面的生化幽灵直接踩着他们的尸体扭动着身体继续向前，他们挥舞着血淋淋的手，前赴后继地冲上前来。

"布莱恩，快走！"劳拉拉住了布莱恩的衣服，她可不想让布莱恩逞一时之勇。布莱恩一边倒退着前进，一

边继续向追上来的生化幽灵射击。突然,他感觉到后背撞到了劳拉的身上。布莱恩没有回头,而是一边朝追上来的生化幽灵射击,一边问:"怎么不走了?"

劳拉好像哑巴了一样,一句话也没有说。布莱恩忍不住回头看去,这一看他简直绝望了。布莱恩看到从走廊的另一头也冒出来数不清的生化幽灵,正朝他们摇头晃脑地走来。

"怎么办?"劳拉的情绪有些失控,"我们该怎么办?"她的手里举着枪,却没有扣动扳机。因为劳拉知道,就凭现在身上携带的这点子弹,即使全打光了也无济于事。

"不要慌。"秦天倒是异常镇静,"天无绝人之路。"他的眼睛四处寻找着逃生的路线。

前后同时涌来的生化幽灵离他们越来越近了,看来真的是要命丧于此了。秦天看到走廊前面有一扇门虚掩着,从门缝里看去,里面空无一人。

"先到这间屋里躲一躲。"说着,秦天快速冲到了门前,一把将门推开。

说时迟，那时快，走廊里的生化幽灵已经涌到了他们的身边。顾不得多想，四个人快速地躲进屋里。最后进门的布莱恩猛地将门关上，撞到了冲在最前面的生化幽灵。这个生化幽灵摸了摸自己的脑门儿，生气地大吼了一声，然后用拳头使劲地砸门。布莱恩将门反锁，大口喘着粗气，他转过身用后背死死地顶住门。这是一间休息室，屋里有一张床，被子平铺在床上，里面好像藏着什么东西。

门外的生化幽灵用身体撞击着门，眼看门锁就要被撞开了。布莱恩大喊："快把那张床推过来，将门挡住。"

秦天和劳拉冲到床边，一起用力将床向门的方向推。床很沉，两个人费了很大力气才将它推到门前，死死地顶到了门上。劳拉和秦天顾不得擦去额头的汗水，转身寻找屋里其他可以用来挡住门的东西。

此时，身后的那张床上的棉被下面好像有什么东西在动。然后，棉被慢慢地向上隆起，一张丑陋的脸从里面探了出来。

第十六章

逃入屋顶通道

谁也没有想到在这床棉被的下面还藏着一个生化幽灵。他慢慢地从床上坐起来,静悄悄地朝劳拉伸出了魔爪。劳拉全然不知,她正要弯腰去搬一张办公桌。穿着白大褂的生化幽灵也恰好此时扑过去搂劳拉的脖子。生化幽灵一下子扑了个空,从劳拉的身上翻了过去。

劳拉被突然翻到自己面前的生化幽灵吓得尖叫了一声。生化幽灵怒吼一声,伸出如钉子般的手指,插向劳拉的身体。突然,一把椅子横空抡过来,狠狠地砸到了生化幽灵的手臂上。生化幽灵痛苦地惨叫一声,手臂顿时耷拉下来。劳拉看了秦天一眼,对他及时出手相救表示感谢。

"嘭!嘭!嘭……"门被围在外面的生化幽灵撞得发出了令人心惊胆战的响声。如果再这样下去,用不了多久生化幽灵便会冲进屋里。

皮特倒是显得异常镇静，他的脸部肌肉抽搐得越来越厉害了，皮肤也变成了枯树皮的颜色，裂出一道道口子。

"我们可以从这里出去。"皮特抬头望着天花板呆呆地说。

布莱恩抬头看去，在天花板的角落里有一个可以容一个人钻进去的洞口。

"这个洞口通向哪里？"布莱恩焦急地问。

皮特慢慢地转过头，左脸的肌肉抖动了几下，说："如果我没记错的话，这是一个电缆维修的通道，可以直接通到出口。"

皮特的话重新燃起了大家对生的希望。布莱恩将桌子推到洞口的下面，然后又在桌子上放了一把椅子，迅速地爬进了洞口。

"快上来！"布莱恩喊完打开手电筒朝前面照去。这是一条悠长的狭窄通道。劳拉和皮特随后爬进了通道。秦天最后一个爬进通道，然后将放在洞口下面的椅子踢倒，以防生化幽灵跟着爬进来。

"你们还有手雷吗？"秦天问。

劳拉和布莱恩摸了摸身上的战术背心。"我还有一枚。"劳拉说道。布莱恩则摇摇头："我的全用完了。"

"把你的手雷给我。"秦天将手伸到了劳拉的面前。

劳拉将手雷放到了秦天的手中，问："你想做什么？"

秦天摘下自己腰间的两枚手雷，说道："你们先向前爬，我留在这里断后。"

"不，秦天，我们一起走！"劳拉一把抓住了秦天的手。

"你们快走，我随后就到。"秦天挣脱了劳拉的手，"皮特的情况越来越严重了，必须抓紧时间出去，带他去找夏教授。"

"秦天说得对，我们走吧！"布莱恩带头朝前面爬去。

皮特的头不停地抖动着，跟在布莱恩的后面。劳拉则不放心地对秦天说："你要小心！"

秦天朝劳拉轻松一笑说："谢谢关心。"他这句话是发自内心的，在秦天的成长过程中，很少有人把他当成亲人那样关心。所以，凡是对他好的人，秦天都会记一

辈子，对那个已经死去的孤儿院里长大的"姐姐"是这样，对夏雪是这样。如今秦天感觉到，劳拉也是一个值得自己去关心的人。

门被推开了，挡在门前的床和其他东西被推开时，在地面上摩擦发出了刺耳的声音。生化幽灵挤破了脑袋往屋里冲，他们都想喝到第一口新鲜的血。秦天从洞口暗中观察冲进屋里的生化幽灵，这也是他第一次如此仔细地去观察这些怪物。这些生化幽灵竟然形态各异，已经完全看不出他们被Ω病毒感染前的容貌。秦天并没有急于将手雷扔进屋里，他在等待着最佳的时机。

走廊里的生化幽灵已经完全进入屋内，几乎将这间不大的屋子挤满了。生化幽灵们翻箱倒柜，寻找着属于他们的猎物。一个生化幽灵站到了天花板的洞口下面，抬起头望着洞口。

秦天见时机已经成熟，便拉开了一枚手雷朝着生化幽灵最密集的地方投去。随着一声巨响，手雷在生化幽灵中间炸开了花，一大片生化幽灵倒在了地上。

秦天抓紧机会，紧接着又投下了第二枚和第三枚手

雷。两声巨响过后,屋内的生化幽灵非死即伤,怪叫声响成一片。唯独那个站在洞口下面的生化幽灵没有受到丝毫伤害,他若无其事地站在原地,目不转睛地盯着秦天。

秦天咬着牙,瞪着眼,朝他做了一个恶狠狠的手势。这个生化幽灵还是那样面无表情。秦天准备转身离开,去追赶劳拉她们。站在洞口下面的生化幽灵眼珠快速地转动起来,突然他张开嘴,一根长长的舌头猛地吐出来,如同壁虎捕捉昆虫一般,精准地缠住了秦天的脖子。

突如其来的攻击令秦天毫无防备,他一只手攥住生化幽灵的舌头,另一只手伸到腰间去摸那把锋利的军刀。生化幽灵的舌头力量很大,而且舌头上有很多倒刺,可以扎进皮肤里,直接将毛细血管渗出的血吸收走。

生化幽灵贪婪地缠着秦天的脖子,吮吸秦天的血液。秦天终于摸到了军刀,将它拔出鞘来,挥手砍向生化幽灵的舌头。军刀寒光一闪,将生化幽灵的舌头割断了,秦天的身体猛地向后一倒。他将缠在脖子上的半根舌头拽下来,狠狠地从洞口扔了出去。

不可思议的事情发生了,生化幽灵将自己嘴里的半

根舌头吐出来,准确地接住了秦天扔出的半根舌头,二者竟然完美地对接在一起,重新变成了一根舌头。秦天被惊呆了,他想生化幽灵不可能只感染了Ω病毒,也许他们和其他物种进行了基因融合,产生了一种新的病毒,而这种新的病毒使生化幽灵变得更加强大。

"秦天,你怎么了?"劳拉听到爆炸声后,担心秦天的安危,焦急地呼叫。

"我很好,马上就来。"秦天用一块活动的天花板将洞口堵住,转身去追赶劳拉和布莱恩。

站在洞口下的那个生化幽灵,将重新接好的舌头猛地向上吐出,将挡在洞口的天花板打碎。只见他的舌头缠在洞里的一根梁上,然后慢慢地收缩,将他的身体吊起来,然后钻进了洞里。

秦天已经向前爬出了十几米,听到了身后的声音,转身用手电筒去照,正好看到钻进洞里的生化幽灵。秦天扣动扳机,子弹朝生化幽灵飞去。生化幽灵的身体像纸片一样,瞬间飘起,四肢紧紧地吸在通道的顶部,子弹贴着他的后背飞了过去,这简直就是蜘蛛侠

的招牌动作。

轮到生化幽灵反击了,他的舌头向前吐出,速度如子弹出膛,差一点就缠住秦天的腿。生化幽灵向前快速地爬行,准备靠近秦天,再次发起攻击。

秦天也加快了爬行的速度,但毕竟爬不是他的强项,眼看生化幽灵离他越来越近了。秦天接连朝后面开了几枪,虽然没有命中生化幽灵,但是延缓了他的速度。

"秦天!"劳拉的喊声传来。

"你们快走,我遇到了一个强敌。"秦天大喊。

劳拉不仅没有加快速度,反而转身朝秦天的方向爬来:"我来帮你。"

秦天来不及阻止劳拉,他的脚已经被生化幽灵的舌头缠住了。生化幽灵用力地把舌头往回收。秦天的双手胡乱地扒向通道两侧,终于摸到了一个突起的东西,他死死抓住不肯松手。生化幽灵铆足了劲儿往回收舌头,所以他的舌头被绷得如拉满了弓的弦一样紧。

劳拉赶到,将枪口对准生化幽灵的舌头,扣动扳机。

绷紧的舌头"啪"的一声崩开,秦天和生化幽灵的身体分别向两侧弹了出去。秦天撞到了劳拉身上,他立刻转身往回爬。劳拉不知道秦天要去做什么,在后面大喊:"危险,快回来!"

第十七章

虎口脱险

　　秦天好像没有听到劳拉的喊声一样。他是奔着那根断舌去的。秦天可是领教过生化幽灵的结舌之术了,所以他必须把这段舌头抢到手。生化幽灵也冲过来抢这段舌头,这可是他的攻击武器。不过,还是秦天抢先了一步,他一把捡起舌头,朝劳拉扔了过去。

　　劳拉将舌头接在手中,大喊:"你不要命了,抢这么恶心的东西做什么?"

　　秦天没时间解释,朝劳拉大喊:"快把舌头毁掉。"

　　劳拉抽出匕首,朝舌头疯狂地割去,很快这段舌头被切成了碎片。秦天爬到劳拉身边,两个人一起向前逃去。

　　生化幽灵少了这段舌头,就像丢了枪的战士,丧失了强大的战斗力。不过,他仍在后面紧追不舍,剩下的半截舌头,时不时地吐出来,却已经够不到秦天了。

　　布莱恩和皮特爬在最前面,他们听到通道下面好像

有喊叫的声音。

"是亨特。"布莱恩转身朝劳拉大喊,"我听到亨特的声音了。"

劳拉也听到了亨特的声音,于是她用力地敲打通道下面的墙板,大喊:"亨特,亨特!"

在通道的下面,亨特、亚历山大、索菲亚,还有朱莉正在与生化幽灵进行着一场殊死搏斗。他们几个从水中变异生物的魔爪中逃脱以后,爬上了半空中的管道,向前寻找逃生的通道。可是半空中的管道突然向下转弯,延伸到了地面,他们不得不重新回到地上。

刚刚回到地面,不知道就从哪里冒出来一群生化幽灵,将他们团团围住。亨特正大叫着,疯狂地与生化幽灵作战。他的大叫声便被布莱恩和劳拉听到了。虽然布莱恩能听到亨特的声音,亨特也听到了劳拉的喊声,但是他们隔着一层厚厚的木板,谁也看不见谁。

布莱恩急中生智,将枪口对准了脚下的木板,转着圈开枪,木板很快被打出一圈弹孔。他挥起大拳头,狠狠地朝木板砸去,这块被打出弹孔的木板掉了下去,出

现了一个圆形的大洞。通过这个圆洞,布莱恩看到亨特他们已经被生化幽灵逼到了绝路上。

"亨特,快到这里来。"布莱恩朝下面大喊。

亨特抬头看去,一条绳子从头顶上落了下来。他对索菲亚说:"你们女生先上,我掩护。"索菲亚倒是不客气,抓住绳子快速地向上攀爬。

就在布莱恩放下绳子的时候,旁边的皮特越来越难以控制自己了,他的眼珠向外凸起更厉害了,鼻子还忍不住地在布莱恩身上嗅来嗅去。

"皮特,你忍住!"布莱恩知道皮特越来越难控制自己了。

秦天和劳拉现在的处境不容乐观,因为身后的生化幽灵已经追到了跟前。秦天扣动扳机,这才发现子弹已经全部打光了。劳拉也是如此,两个人要在狭小的空间里与生化幽灵进行搏斗,一不小心就有被生化幽灵抓伤的危险,从而被变异病毒感染。

索菲亚已经顺着绳子爬了上来。"你顺着这条通道往前爬,很快就会找到出口了。"皮特的声音异常嘶哑,他

几乎不能说话了。

布莱恩也说:"索菲亚,你快往前爬,咱们不能都堵在这里。"

索菲亚点点头,向前爬去。布莱恩继续将下面的人一个个地往上拉。而秦天和劳拉则使出浑身解数来阻止生化幽灵的攻击,保证布莱恩把下面的人安全地拉上来。

"嗷——"皮特突然发出一声怪叫,声音和生化幽灵的吼声如出一辙。他的眼睛冒着凶光,舌头舔着嘴唇,伸出了尖利的手指,眼看就要发起攻击了。皮特的基因已经突变,再也不能抵抗Ω病毒的入侵。"你们快走,让我来拦住生化幽灵。"皮特的声音几乎是从嗓子里挤出来的。

"皮特,你坚持住!"布莱恩一边把亨特拉上来,一边说,"我们不会放弃你的。"

皮特的脸上露出一丝还带有人情味的笑,说:"是该告诉你们真相的时候了。"

布莱恩一头雾水:难道皮特还有什么不可告人的秘密?

"其实,我是红狮军团的成员。"说到这里皮特表情痛苦地扭动了一下脖子,"我就是红狮军团隐藏在敌人内部的线人。"

布莱恩瞪大了眼睛:"原来那个把秘密情报通报给我们的人就是你。"

"没错!趁我还能控制自己,你们快走。"皮特用力推了布莱恩一把,"我不想等自己失控以后伤害你们。"

地面上的人已经都被拉上来了,下面的生化幽灵朝空中挥舞着魔爪,但一时间无法爬上来。布莱恩迟疑着,难以做出决定。

皮特又狂叫了一声,朝布莱恩龇出锋利的牙齿,吼道:"我快要失控了。"

"布莱恩,我们走!"亨特说着拉起布莱恩的手,向前爬去。

皮特转身,面向那个正在和秦天及劳拉搏斗的长舌幽灵,大叫一声便扑了过去。

"你们都快走!"皮特将秦天和劳拉推出老远,与长舌幽灵扭打在一起。

秦天含着眼泪大叫:"皮特!"他刚要往回冲,却被劳拉一把拉住了。

"我们走吧,不要辜负皮特的一片好心。"劳拉硬拉着秦天向前爬去。

皮特的血管膨胀得快要爆开了。他感觉到浑身奇热难忍,好像每一个细胞都在熊熊燃烧。他一拳打到长舌幽灵的头上,在长舌幽灵的头上留下一个深坑。长舌幽灵吐出他那半截舌头,缠住皮特的脖子,越收越紧。皮特感觉到呼吸困难,四肢胡乱地挥舞着。皮特的意识更加模糊,开始忘记自己是谁了。

皮特双手攥住长舌幽灵的舌头,用力撕扯。两个人在通道里翻滚,从布莱恩打出的圆洞里掉了下去,落到大群的生化幽灵中间。生化幽灵们呼啦一下子围了上来,他们的嗅觉非常灵敏,只对新鲜的血液感兴趣。皮特的身体里还流淌着残存的人类的鲜血,这让生化幽灵们为之疯狂,他们伸出魔爪撕扯皮特的身体。

"啊——"惨叫声传入秦天的耳朵。从小到大,即使再伤心,秦天的眼泪都没有从眼眶里流出来过。今天也

不例外，秦天的眼泪在眼眶周围转了几圈后，又藏回了眼底。

劳拉可是忍不住了，痛哭着大喊："皮特，皮特！"

一束刺眼的强光照射进来，索菲亚已经找到出去的洞口，把它打开了。重见天日的兴奋感让索菲亚心情大爽，她深深地吸了一口新鲜的空气，从洞口钻了出来。

"啊！"还没有钻出洞口的朱莉听到索菲亚传来一声惨叫，急忙把头又缩进了洞里。难道外面也有生化幽灵吗？朱莉猜想到。

索菲亚一只手捂着肩膀，鲜血从指缝间渗透出来。此时，她已经躲到了一个垃圾桶的后面。刚才索菲亚之所以发出一声惨叫，是因为一颗来向不明的子弹击中了她的肩膀。

"外面有埋伏。"索菲亚大喊。

"难道你们不觉得奇怪吗？"朱莉说，"我们的行踪总是被人知道。"

"在我们的组织中肯定有间谍。"亨特看着其他几个人，目光最终落在了秦天的身上，因为他是刚刚加入红

狮军团的人,最值得怀疑。

劳拉看出了亨特的意思,说:"这都是猜测,现在最关键的是我们该怎么出去。"

朱莉摸到腰间的一个发烟手雷,这是他们最后的救命稻草了,她说:"我把发烟手雷投出去,大家趁着烟雾遮挡了敌人视线,快速逃出去。"

"那还等什么,快扔啊!"亨特着急地把朱莉的发烟手雷夺过来,拉开拉环,投到了外面。

一股浓烟立刻从发烟手雷中冒出来,几秒钟的时间上百平方米的范围内完全被烟雾笼罩了。趁着浓烟的遮掩,他们从洞口快速地钻出来,朝一座建筑物跑去,躲到了建筑物的后面,布莱恩取出纱布为索菲亚包扎伤口。

"你们说,刚才是谁打了我一枪?"索菲亚咬牙切齿地问。

"还能有谁?"亨特往嘴里放了最后一块口香糖,"肯定是蓝狼军团派来的人。"

秦天没心思听他们说话,心里一直在想着夏雪。最近发生了这么多事情,夏雪一个人留在梧桐路135号的房子里,不知道会不会有危险?

第十八章

赶往梧桐路

"咱们必须赶快到达136号街区,去找夏教授,尽快找到对付Ω病毒的办法。"亨特一边说,一边寻找着交通工具。很快,亨特就发现路边横七竖八地停放着很多车辆,甚至有些汽车的门是敞开的,好像是车主惊慌之中弃车而逃了。

"这里肯定发生什么事情了。"亨特吃惊地说,"咱们快走吧!"

亚历山大早就看中了一辆大马力的七座越野车,他直接冲进这辆车的驾驶室。其他人也跟着坐了进去,唯独不见了秦天。秦天没有冲进这辆越野车,而是坐进了旁边的一辆黑色小轿车里。他摇下车窗朝亨特大喊:"我要去梧桐路135号。"

"小子,你敢不听我的指挥!"亨特朝秦天大吼,"不听指挥,就离开红狮军团!"

秦天根本不理会亨特，早已经发动汽车，眨眼间冲到几十米开外了。亨特还不解气，嘴里骂骂咧咧的，没完没了。突然，一颗子弹射来，击中了挨着亨特这边的车窗玻璃。

"走！快走！"亨特朝亚历山大大喊。

秦天已经驾驶汽车冲出几百米远，马路上一个行人也看不到，所有的店面都关门打烊了。这太不正常了，秦天也更加担心夏雪的安危。由于路上没有行人和其他行驶的汽车，秦天开得飞快。突然，在秦天的视野中出现了一个人。他站在马路中央，背对着秦天，正弯腰做着什么。

秦天连续用力按下喇叭，这个人却对喇叭声无动于衷。秦天赶紧一边踩刹车，一边猛打方向盘。由于行驶速度过快，汽车绕着这个人来了一个360度的甩尾动作，差点翻车。

现在，秦天驾驶的汽车就停在距离这个人几米远的地方，已经和他面对面了。秦天抬起头的瞬间，他明白了一切：这是一个生化幽灵。生化幽灵抬起头看着坐在

汽车里的秦天，嘴角还不停地往下淌血。这让秦天想起了那个出现在梧桐路135号大街上、攻击路人的生化幽灵。

秦天对夏雪的担心又增添了几分，他无心与这个生化幽灵作战，将汽车挂上倒挡，把油门踩到底，汽车快速向后，与生化幽灵拉开了距离。生化幽灵嘴角血淋淋的，向上扬起，看到"猎物"后竟然四肢着地，像猎豹那样朝秦天的汽车疾奔而来。

秦天的汽车倒退了上百米后，开始掉转车头，调回到前进的方向。生化幽灵利用这几秒的时间一个跃起，跳上了车顶。

生化幽灵趴到汽车的挡风玻璃上，脸正对着秦天。他丑陋的面孔令秦天作呕。秦天猛地将汽车向前冲起，想把生化幽灵甩下去。可是，生化幽灵的手和脚就像长了吸盘一样，死死地吸在挡风玻璃上，根本甩不下去。

"可恶！"秦天大喊一声，把车速提升到极限。这辆性能并不优秀的汽车发出歇斯底里的吼声，好像马上就要报废了。在把汽车的速度提升到最快后，秦天猛地一

脚踩下了刹车。汽车从高速行驶状态，瞬间变成停止状态。秦天的身体猛地向前撞去。

趴在车窗玻璃上的生化幽灵在强烈冲击力的作用下，终于从车窗上被弹了出去，摔出十几米远。而秦天的脑袋则撞到了弹开的安全气囊上，他的眼前直冒金星。

秦天抬起头，他的脖子好像被扭断了一样，视线也变得模模糊糊。他使劲摇了摇脑袋，看到了摔倒在地上的生化幽灵。千万不能给他反击的机会，秦天这样想着，一踩油门就朝生化幽灵撞去。生化幽灵刚刚从地上晃晃悠悠地站起来，秦天驾驶的汽车就撞到了他的身上。生化幽灵在空中连翻几个跟头，滚落到地上。秦天通过后视镜瞄了生化幽灵一眼，加速向梧桐路135号驶去。

汽车驶进梧桐路，这里同样也看不到一个人，家家户户都紧闭着门窗。秦天驾驶汽车焦急地向135号驶去。135号的院门竟然是敞开的，莫非生化幽灵已经进入那里了？秦天将车停在135号的门口，推开车门飞快地冲进院子里。

"夏雪，夏雪！"秦天一边往屋里面跑，一边疯狂地

大喊。

通向屋里的门是紧闭的,这让秦天稍稍放心了一些。他用拳头连续砸向房门:"夏雪,夏雪……"

屋里静悄悄的,没有人回应。秦天开始着急起来,心想夏雪会不会已经离开这里了?不过,他又转念一想外面这么危险,夏雪应该不敢一个人跑出去。秦天抬头看去,窗帘被拉得紧紧的,看不到屋里的任何东西。他双手抓住紧贴在墙壁上的排水管,像蜘蛛那样灵敏地攀爬,很快就爬到了二楼的窗户前。窗户是紧闭的,秦天将枪从肩上取下来,举起枪托砸碎了一块玻璃。

顾不得往屋里看一眼,秦天便从被砸碎玻璃的窗口跳了进去。一块残余的尖玻璃将他的脸划破了,脸上立刻出现了一道血痕。秦天翻身进入屋里,并没有看到夏雪,这让他悬着的心越来越紧张了。秦天记得自己离开的时候叮嘱过夏雪要她待在这间屋子里,还给了她一把手枪。可是,现在这间屋子的房门开着,而夏雪却不知去向了。

"夏雪!"情急之下,秦天在屋里大喊起来。

"秦天,我在这里。"这次夏雪有回音了。

秦天听得出来,夏雪的声音里充满了恐惧。正当秦天准备循着夏雪的喊声去寻找她时,身后的窗帘被慢慢地掀开,一双血淋淋的魔爪朝他伸来。这要是在平时,机敏的秦天一定能感觉到,但此时的秦天心如火焚,急着去找夏雪,所以他并没有察觉到危险已经悄悄降临。

这双邪恶的魔爪突然将秦天死死抱住,随之一张血盆大口咬住了秦天的脖子。"啊!"秦天惨叫一声,这才发现自己被生化幽灵偷袭了。他双手拉住生化幽灵的胳膊放在了自己的肩膀上,然后弯腰用力向前一摔,将生化幽灵摔倒在面前。

在摔倒生化幽灵的同时,秦天的脖子上也被生化幽灵撕咬掉了一块肉。那块被咬掉的肉还叼在生化幽灵的嘴里,他朝秦天做出了一个令人作呕的吞咽动作,把那块肉吃进了肚子里。

"秦天,你怎么了?"夏雪听到了秦天的惨叫声,关心地问。

"我没事,你待在安全的地方千万不要出来。"

秦天知道夏雪此时一定藏在一个隐蔽的地方，所以担心她一时冲动跑出来，从而遭到生化幽灵的攻击。

生化幽灵又从地上站了起来，秦天脖子上淌出的血，对他产生了巨大的吸引力。他的鼻孔向上翻起，一抽一抽地捕捉着新鲜血液那诱人的气味。

秦天的身上已经没有子弹了，所以现在枪在他手里也就是一根棍子。他快速地在屋子里寻找可以用来还击的武器。生化幽灵一步步向他逼近，还不停地发出令人毛骨悚然的怪叫。秦天向后退了一步，身体撞到一张桌子。也许那把枪还在抽屉里，想到这里秦天伸手打开了桌子最边上的一个抽屉。

第十九章

险些丧命

果然，抽屉里有一把手枪，那是秦天临走时交给夏雪的。秦天拿起枪，向后一拉，子弹被推进枪膛。此时，生化幽灵走到秦天的面前，正张开贪婪的大嘴，准备再次咬住秦天的脖子。秦天直接将手枪塞进生化幽灵的嘴里，一连发射了几发子弹。

子弹从生化幽灵的脑后射出，黏稠的液体顺着他的脑袋往下流，散发出阵阵恶臭。秦天一脚踹在生化幽灵的腹部，将他蹬倒在地。生化幽灵挣扎片刻，便趴在地上再也不动了。

秦天顾不得自己脖子上还在流血的伤口，大喊着去寻找夏雪。

"秦天，我在这儿。"夏雪从一个大箱子里跳出来，一把搂住秦天，"吓死我了，我以为自己会被那个怪物给吃了。"说着，夏雪的眼泪止不住地往下流，很快就浸湿

了秦天的迷彩服。

"不要怕,已经没事了。"秦天安慰着夏雪,"我们马上离开这里。"

夏雪的头抬起,这才看到秦天的脖子受伤了,伤口还在往外渗血。

"你受伤了!"夏雪感觉到心里抽搐似的疼了一下,"这可怎么办?"她从来没有遇到过这种情况,更不会包扎伤口。

"只是皮外伤,不要紧的。"秦天一边说,一边向存放武器的那间屋子走去。他蹲在地上,将一颗颗子弹压进弹夹里,足足压满了十几个弹夹,插到了战术背心上。

"给,你拿着这把枪。"秦天把那把手枪塞到夏雪的手里。

"这枪在我手里就是废铁,刚才生化幽灵冲进来的时候,我根本就没想起来用它还击,赶紧就躲到大箱子里去了。"夏雪说。

"你做得对,躲起来比还击更安全。"秦天说着给夏雪的手枪换了一个装满子弹的新弹夹,"记住,这次要学

会用它保护自己。"

夏雪点点头,将枪紧紧地握在手中。秦天拉起夏雪向屋外走去,他们要赶往136号街区,去找夏教授,同时和红狮军团会合。

秦天健步如飞,夏雪在身后跟得很吃力。她看到秦天的伤口丝毫没有结痂的趋势,血还在不停地往外流。

"秦天,到马路对面的诊所包扎一下再走吧!"夏雪建议。

秦天摇摇头,回答:"不用了,我必须在变异之前把你安全地送到夏教授的手里。"

"什么?"夏雪愣住了,"你刚才在说什么?"

秦天恨自己说漏了嘴,赶紧解释:"没什么,我是说要在出现更多的生化幽灵之前,把你安全地送到夏教授的手中。"

其实,自从被生化幽灵咬伤的那一刻起,秦天就知道自己的结局了。皮特已经明明白白地展示了一个正常人被咬伤后变异的全过程。秦天不怕死,但他怕自己变成生化幽灵伤害别人,更怕自己没有及时把夏雪安全地送到夏教

授的手中,所以才急着离开这里。

"秦天,你必须去包扎伤口,否则会有生命危险的。"夏雪固执起来,也是几头牛也拉不回来。

"好吧,我跟你去。"不知道为什么秦天很容易在夏雪面前妥协。

夏雪拉起秦天向马路对面的诊所跑去。

诊所的门紧闭着,但夏雪知道里面一定有人。她一边用力地砸门,一边大喊:"快开门,有人受伤了。"

出人意料的是,门很快就被打开了。一个穿着白大褂,年纪轻轻的女护士出现在门口。女护士没有说话,脸色就像阴郁的天空。秦天和夏雪走进屋内,将门顺手关上,从里面反锁。他们必须做好防备,以防生化幽灵突然闯进来。

屋里的电视开着,正在播放政府发布的公告,警告市民将门窗关好,不要外出。女护士直愣愣地站在电视机前,看着正在播放的一些生化幽灵袭击路人的画面,全然把夏雪和秦天给忘记了。

"护士,他的脖子受伤了。"夏雪急得伸手去拉女护

士。她感觉到女护士的手就像冰块一样冷，丝毫感觉不到人体的温度。

女护士还是不说话，她从桌子上拿起酒精棉球准备给秦天的伤口消毒。酒精擦到秦天的伤口上，令他感到一阵阵刺进心里的痛，但秦天没有呻吟一声，只是催促道："麻烦你快点，我们赶时间。"

女护士还是不说话，这让秦天觉得怪怪的。他耐着性子等待着女护士为他包扎伤口。女护士拿起一卷白色的纱布，把头探到了秦天的脖子旁，嘴巴几乎就要碰到他的皮肤了。秦天觉得很奇怪，侧头去看女护士。这一看不得了，女护士正张开大嘴，准备往他的脖子上咬。

"你要干什么？"秦天大叫一声，手紧紧地托住了女护士的下巴。

女护士也不知道哪里来的那么大力气，秦天眼看就要招架不住了。夏雪一开始被吓傻了，过了几秒钟才回过神来，她的手里还拿着那把手枪。

"快开枪！"秦天朝夏雪大喊。

夏雪抬起颤抖的手，开了一枪。

已经变异的女护士被击中了。秦天气喘吁吁地将她推倒在地上，一把拉起夏雪："快走，这个诊所里的人已经被生化幽灵感染了。"

果然不出秦天所料，他们刚从诊所里跑出来，又有几个护士和医生模样的变异人从里面的屋子里追出来，样子冰冷可怕。原来，这里的一名护士在上班的路上被生化幽灵咬伤，来到诊所后医生为她注射了抗生素。可是没有想到的是，抗生素不但没有起到作用，反而刺激了 Ω 病毒的发展，使她变成了一种特殊的生化幽灵。这种在抗生素作用下变异的生化幽灵，不再变得丑陋无比，而是保持了原来的体貌，但体温开始下降，变得冷血无情，更加嗜血如命。

秦天拉着夏雪冲到马路对面，进入那辆停在路边的汽车。关上车门，秦天突然感觉到眼前一阵发黑。他用力闭上眼睛，然后缓缓地睁开，视线又变得清晰了。

"夏雪，如果我也变成了生化幽灵，你就用这把枪把我杀死，不要留情！"说着，秦天发动汽车朝136号街区驶去。

第二十章

暗枪响起

就在秦天在梧桐路与生化幽灵搏斗勇救夏雪的时候,红狮军团的其他人也正经历一场生死阻击战。

亚历山大驾驶汽车朝136号街区方向疾驰,在经过雷森公司的大门口时,他们找到了那辆他们之前停在那里的越野车。汽车轮胎在地面滑出了十几米后,亚历山大将车紧急制动,停在雷森公司的大门口。

"快换车!"亚历山大大喊一声,立即推开车门,转移到他们自己的越野车里。

刚一上车,亨特便兴奋地说:"咱们的宝贝还都在这里,太棒了!"

亨特所说的宝贝是他们放在车里的弹药。他用军刀割断弹药箱的铅封,将木箱的盖子打开,里面有满满一箱子弹。这箱子弹被放在越野车的后备厢里好长时间了,今天终于派上了用场。

"手里有子弹,心里就不慌。"亨特抓起一把子弹,"兄弟们快装子弹。"

大家动手把一颗颗子弹往弹夹里压,这些可都是在关键时刻救命的家伙。

"帮我也把弹夹压满。"亚历山大正在开车,只好委托别人。

"砰!"一颗子弹击穿汽车的前挡风玻璃,击中了亚历山大的右肩。突如其来的暗枪令亚历山大毫无防备,汽车也跟着向路边撞去,被迫熄火了。随后一颗颗子弹接连击中了汽车的玻璃。幸亏他们趴在了座位上,才幸免于难。

"快下车,再不下车,汽车很快就会爆炸了。"亨特大喊。

别看平时亨特一副无厘头的样子,但他绝对是一位经验丰富的特种兵。他判断敌人肯定会瞄准汽车的油箱射击,一旦油箱被子弹击穿,汽车就会发生爆炸,到时候他们可就逃不出去了。

"咱们一出去,还不马上被敌人的狙击手干掉呀?"

布莱恩担心地说。

朱莉喊道："你们忘了吗？咱们车上有车载烟幕弹。"

这句话提醒了亨特，在这辆改装过的军用越野车的车顶上有4个杯口粗的圆筒，那不是夜间用的照明灯，而是烟幕弹的发射筒。烟幕弹在战场上经常使用，被广泛安装在坦克和各种战斗车辆上。当这些车辆在敌人的炮火威胁下运动时，可以通过施放烟幕弹来隐藏自己，逃避攻击。

亨特快速地按下了越野车前面的发射按钮，随着几声礼炮般的响声，几枚烟幕弹从发射筒里喷射出去，顿时越野车周围被浓烟笼罩起来。与此同时，4扇车门被同时推开，6个人随机分成两组，隐蔽到了道路两侧的障碍物后面。布莱恩、劳拉和亚历山大隐藏在道路的左侧，亨特、朱莉和索菲亚隐藏在道路的右侧。他们警觉地观察着周围，试图找出暗枪的来源。

烟幕散去，大街上恢复了平静，敌人的枪声没有再次响起，但这并不代表着敌人已经离去。在一座5层高的楼房顶部，一支狙击枪的枪口探了出来，在瞄准镜后

面,一只眼睛正在搜索目标,他是蓝狼军团派来的人。

这是一条东西走向的大街,亨特躲在路边的一辆汽车后面小心翼翼地寻找目标。此时太阳转到了正午12点的位置,一道闪光映入了亨特的眼睛。

亨特冷笑了一声:"这样的菜鸟还敢跟我斗。"

亨特之所以这样说,是因为刚才那道闪光不是别的东西发出来的,而是狙击枪的瞄准镜。太阳转到正午12点的时候,正好照射到狙击手隐藏的位置,狙击枪瞄准镜的镜片反射了太阳光,从而将狙击手的位置暴露了。

亨特之所以说敌方狙击手是菜鸟,是因为成熟的狙击手都会在执行狙杀任务的时候对瞄准镜进行伪装,防止其反射光线。其实,这个狙击手也注意到了瞄准镜的反光问题,只不过他忽略了一点,那就是他是在一个小时前埋伏到这里的,那时太阳光还没有转到现在的角度。也就是说,这位狙击手忘记了计算时差,正是他的粗心,让自己丧命。

亨特紧贴着汽车向后倒退了几步,这样他能够更好地观察到隐藏在楼顶的敌人。亨特将枪架在汽车的后视

镜上,开始通过瞄准镜锁定目标。通过这个8倍放大率的瞄准镜,亨特看到的敌人犹如位于眼前。

他将十字线的中心压住敌人的脑袋,枪口有一个30度的射击仰角。子弹受重力影响会出现偏差,于是亨特经过计算将瞄准线修正了一个细小的刻度。今天的天气不错,风向西北,风速几乎可以忽略不计,但亨特还是将风偏计算在内,向右微微地调整了枪口。

可以看出亨特是一名经验丰富的狙击手,在射击之前他会将各种影响弹道的因素考虑在内,然后进行修正。当然在我们看来这是很难的,而对于亨特这样的老手,这一系列的动作仅仅需要几秒钟。

亨特深吸了一口气,屏住呼吸,手指轻轻碰触扳机。弹壳从侧面跳了出来,子弹从枪口飞出,直奔楼顶的敌人而去。也许别人看不到子弹狙杀敌人的那一刻,可是在亨特的8倍放大率的瞄准镜中,这一幕被清晰地放大了。敌人身体的侧面对着亨特,子弹从他左侧的太阳穴钻进去,血液随之向外喷溅。

阻击战就是这样,枪枪都是你死我活的战斗,场场

都是生死存亡的较量。谁先被发现,谁就是枪下的死鬼;谁先冒失地开枪,谁就会死无葬身之地。

亨特一枪将楼顶的敌人狙杀,同时也暴露了自己的位置,敌人的另一名狙击手立刻对他进行反狙击。不过,亨特早就想到了这一点,他在发射子弹之后,便以最快的速度趴在了地上。敌人这一枪正好打在汽车的后视镜上,后视镜的玻璃被击碎,落到了亨特的头上。

朱莉通过这一枪捕捉到敌人的位置,这一枪是从3楼的一扇窗户射出的。敌人在发射完子弹后,迅速把枪从窗口拉了回去,人也从窗前消失了。这是非常明智之举,聪明的狙击手绝不在同一个位置发射两发子弹,打一枪换一个地方才是保命的要诀。

"布莱恩,敌人就在你们侧面的楼里,第3层,第6个窗户。"朱莉把敌情通报给马路对面的布莱恩。

"明白,我们马上行动。"布莱恩说完,转向劳拉和亚历山大说:"劳拉,你和我上楼,亚历山大,你守住门口。"

两个人点头,非常默契地展开了行动。

在马路对面,亨特他们也采取了新的战术。朱莉和索菲亚转身进入身后的楼里,她们要赶往楼顶,占领制高点,而亨特则留在楼下的隐蔽位置伺机行动。

布莱恩和劳拉已经进入楼里,这是一座有着长长走廊的单身公寓。他们一个乘电梯,一个走楼梯,直奔单身公寓的第三层。很快,两个人又在第三层的入口碰面了。

劳拉朝布莱恩摇摇头,意思是电梯里一切正常。布莱恩一挥手,示意劳拉和自己一起沿着三层的走廊进行侦察。布莱恩面朝前,枪的背带挂在脖子上,枪口转到胸前,一只手托着枪的前身,另一只手放在扳机的位置;劳拉和布莱恩背靠着背,面朝后方,这是最安全的二人防御战斗队形,她一只手握住手枪,另一只托在弹夹下面,倒退着前进。

布莱恩在心里默默地数着,他们已经来到第六间房子了。朱莉报告的位置就是这间房子,不知道敌人还在不在屋里。布莱恩朝劳拉做了一个攻击的手势。劳拉心领神会,一脚将门踹开,然后布莱恩的枪口瞬间伸进了门里。

一阵风将窗帘吹起,屋里面静悄悄的。布莱恩警惕地进入屋内,机敏地转动着身体,枪口随之调整,准备应对可能出现的敌人。劳拉则保持与布莱恩背靠背的姿态,形成互相掩护的队形。

布莱恩弯腰从地上捡起一枚弹壳,这是一枚7.62毫米口径步枪发射的子弹,弹壳的表面还带着火药燃烧后留下的余温。

"敌人肯定还在这层楼里。"布莱恩小声说。

劳拉点点头:"敌人判断我们会追上来,肯定是躲进里面的屋子里了。"

布莱恩认为劳拉分析得有道理,于是决定继续向里搜寻。两个人还是背靠背,在楼道里轻手轻脚地行走。当布莱恩的身体移动到第七间房子的时候,门突然被打开了,一个黑洞洞的枪口从门口伸出来,朝着布莱恩就是一枪。

布莱恩反应很快,身体向侧面一闪,但子弹还是击中了他的手臂。同时,位于他们后面的一扇门也打开了,枪声响起,子弹朝劳拉射来。劳拉在门被推开的一瞬间

便已经迅速倒在了地上，向侧面翻滚而去。这一枪没有击中劳拉。

敌人不止一个，他们的火力很猛，而且早就做好了前后夹击的准备，敌人从前后两个方向连续向布莱恩和劳拉射击。布莱恩和劳拉两个人根本没有还击的机会，他们知道现在最重要的事情是找个地方躲避起来。两个人在楼道里一边朝着两个门口开枪，一边躲闪着回到了刚才的屋子里。

第二十一章

生死狙击

布莱恩的身上已经被射中了两个地方,除了手臂之外,他的右侧大腿处也在往外流血。劳拉倒是很幸运,目前还是毫发未伤。

"布莱恩,我帮你包扎伤口。"劳拉看着布莱恩流血的伤口,关心地说。

布莱恩摆摆手:"都是不要命的伤,先对付敌人才是最重要的。"

楼道里恢复了平静,布莱恩和劳拉不敢探出头去看外面的情况。不过,他们预计敌人很快便会从两个屋子里出来,将这间屋子围住。

"是该你发挥作用的时候了。"布莱恩说着从挎包里掏出了一个巴掌大小的摄像机。在这台摄像机的下面有一个导轨,而布莱恩的步枪前端有一个滑轨槽。布莱恩把摄像机推到了滑轨槽上,接着将步枪上的卡簧向下一

按，这支步枪的枪身便出现了一个90度的拐弯。

劳拉看到布莱恩的手臂在不停地流血，便说："布莱恩，让我来吧！"

布莱恩将拐弯枪交给劳拉，叮嘱道："一定要等敌人完全走出来再开枪。"

劳拉点点头，将枪口伸到了门外，而自己的身体则可以安全地躲在屋里，这便是拐弯枪的好处。从枪身后方的显示器上，劳拉可以清晰地看到楼道里的情况。

现在楼道里空荡荡的，敌人还没有出现，劳拉耐心地等待着。布莱恩利用这段时间将自己的伤口用纱布包扎起来，鲜血很快就将白色的纱布染成了红色。

劳拉在枪身的屏幕上看到有一支枪的前半部分慢慢地从门口伸出来，枪身停留了十几秒之后，半个钢盔也伸了出来。劳拉知道那是敌人的脑袋，不过她并没有急于开枪，以免打草惊蛇。

敌人在试探了几次之后，终于放心大胆地出来了。他端着枪朝对面挥了挥手，劳拉知道他这是在和对面的敌人打手势，他们要发起围攻了。劳拉看到敌人的腰间

挂着几枚手雷,这让她倒吸了一口冷气。

手雷在巷战中可是最佳的武器,可以投到子弹无法攻击的地方,而且杀伤力大。如果敌人把手雷扔进了他们隐蔽的屋子里,劳拉和布莱恩都会小命不保了。劳拉轻轻地调整了枪口,在屏幕上有一个十字线,她将十字线的中心压在敌人心脏的位置。

"砰!"一声枪响过后,被瞄准的敌人倒在了血泊之中。这一枪打得非常漂亮,正中敌人的心脏。

另一侧的敌人做梦也没有想到,对手连人都没看到,子弹却可以精准地射中同伴的要害部位。他胡乱地朝门口开了几枪,一时间不知道是该前进还是后退了。劳拉抓住机会将枪口调整到另一侧,这边的敌人也出现在了屏幕上。这次劳拉不想将敌人射杀,而是要把敌人打伤,抓活的,因为她想弄明白这些人到底是如何知道他们的行踪的。

手指扣动扳机之后,子弹击中了敌人的小腿。劳拉抓住机会,一个转身冲到了楼道里,枪口顶到了敌人的额头上:"快说,是谁派你们来的?你们又是怎么知道我

们的行踪的?"

敌人看着劳拉,嘴角微微上扬:"我不会告诉你的。"说完,暗红色的血液从他的嘴里吐了出来,然后敌人一头栽倒在地上,死了!

敌人服毒自尽了。劳拉和布莱恩失望地摇摇头,看来这个一直困扰他们的问题,仍然是一个谜。

在街道的另一栋楼上,朱莉和索菲亚也在展开行动。这两个女生的合作不像布莱恩和劳拉这么默契,与其说她们是合作,倒不如说是在暗中较量。朱莉和索菲亚都是要强的人,谁也不服谁。所以,她们觉得这次行动中谁的风头更劲,谁便赢得了"尊严"。

要想找到对面楼顶的狙击手,最好有一个人来当诱饵,而亚历山大便是这个诱饵。他藏在街道对面的大树后,胡乱地朝楼顶开了一枪。这一枪是"抛砖引玉",也就是吸引敌人,让敌人开枪暴露自己的位置。

果然,亚历山大开枪之后,一颗子弹在几秒钟后便反击而来,射中了挡住他的大树。敌人反击之后,便暴露了他的大概位置。亚历山大立刻通过耳机向朱莉通

报:"敌人的狙击手位于大楼顶部的西侧。"

"明白!"朱莉朝索菲亚招了招手,意思是跟我来。

索菲亚的眼皮都没抬一下,她可不想让这个自命清高的女生来指挥自己。

在最后一层楼的楼道里,有一个可以爬上楼顶的梯子。朱莉率先向上爬去,索菲亚紧随其后。来到楼顶之后,她们先是趴在楼顶上,分头朝两个方向观察,以免因为行动冒失,遭到敌人狙击手的狙杀。

在向东的方向上,索菲亚没有发现敌人;而在向西的方向上,朱莉发现果然如亚历山大通报的那样,趴着一名狙击手,他全神贯注地观察着楼下的街道,搜寻要攻击的目标。朱莉心想:这个蠢货竟然没有发现我们,看来他是死到临头了。就在她喜上眉梢,洋洋自得的时候,一个人却已经悄悄地瞄准了她。

这个人就趴在对面的楼顶上,也就是劳拉和布莱恩所在楼的楼顶上。原来在这栋楼里,除了在房间里有两个敌人,在楼顶上也埋伏了狙击手。趴在对面楼顶上的狙击手虽算不上老手,却也是有过实战经验的滑头了。

在这次巷战阻击中,他一直按兵不动,静静地等待着最佳的时机。阻击战就是如此,只有沉得住气,才能不被敌人发现,才能笑到最后。

"砰!"这一声枪响令三个人同时不由自主地颤抖了一下。一个是朱莉,她并没有死,因为这一枪并不是朝她射来的;另一个是索菲亚,她下意识地将头埋在胳膊底下;最后一个就是朱莉正瞄准的那个敌人的狙击手,他的手抖了一下,枪口也随之晃动了一下。

这一枪是亨特击发的,目标就是对面楼顶上那个已经锁定了朱莉的狙击手。可以说,亨特这枪如果再晚发射一秒,此刻命归西天的人就是朱莉了。而现在,死掉的却是对面楼楼顶的敌军狙击手。

亨特并没有按照行动计划乖乖地待在楼下的街道上,而是当朱莉和索菲亚上楼以后,他也莫名其妙地跟了上来。只不过,亨特并没有爬上楼顶,而是进入三楼的一个卫生间。这个卫生间的窗户正对着对面的楼,可以清楚地观察到那里的一举一动。

亨特很快发现了一位深藏不露的狙击手,通过瞄准

镜他发现这位狙击手的表情在发生细微的变化。亨特根据多年的狙击经验判断，这个人马上就要射击了。亨特绝不会给他伤害队友的机会，于是果断地先发制人，一枪将他送上了西天。

亨特的这一枪同时惊动了楼顶上的三个人。朱莉本来已经瞄准了敌人的狙击手，而现在敌人的狙击手也发现了她。不过，朱莉现在处于有利的位置，因为敌人的狙击手是用侧面对着她的。

朱莉先发制人，将一发子弹射向了这名狙击手。本来以朱莉的射击水平来说，这枪会十拿九稳，可是不知道为什么子弹却丝毫没有伤到对方。这一枪没打中，敌人便有了反击的机会，他掉转枪口朝朱莉进行了一个点射，三发子弹接连飞来。

朱莉急忙低下头，把身体藏在楼顶的一道水泥横梁后面。子弹击中了水泥横梁，发出尖锐的碰撞声。

索菲亚一个翻滚，滚到了和朱莉同一个水平线的位置，举枪朝敌人的狙击手连续发射。敌人非常狡猾，动作也异常敏捷，竟然纵身从楼上跳了下去。朱莉和索菲

亚都以为敌人疯了,追到跟前一看才明白,原来他早已经做好了逃生的准备。在房顶的铁环上拴着一根粗粗的麻绳,敌人的狙击手便是抓住这根麻绳跳下去的。

站在楼顶,朱莉和索菲亚向下望去。敌人已经像一只吐丝的蜘蛛那样,拽着绳子落到了街边的一辆汽车的车顶上。眼看敌人就要钻进汽车逃跑了,朱莉和索菲亚非常着急却鞭长莫及。

突然,一声枪声响起,敌人的身体晃了几下,从汽车上径直栽了下来。这是谁干的?索菲亚的脑袋里画了一个大问号。

在对面马路的大树后,亚历山大朝她们挥了挥自己的AK47步枪,这是在向她们炫耀自己的战绩。索菲亚忍不住笑了出来,自言自语道:"这真是螳螂捕蝉黄雀在后,亚历山大这小子算是守株待兔了。"

朱莉面无表情,转身向楼下走去。她的心里很不爽,因为这个敌人本来已经是她嘴里的肥肉,却没想到煮熟的鸭子又飞了。

"全体注意,收队,立刻赶往136号街区。"

每个人的耳机里都传来了亨特的声音。他们已经在这场突如其来的遭遇战中耽搁了太长的时间，不知道136号街区那里是否安全？破解Ω病毒的生物药剂到底研制出来没有？一切的希望都在那里。

第二十二章

到底是什么人

在136号街区,夏教授和他的团队正夜以继日地研制对抗Ω病毒的药剂,而这种被寄予厚望的生物药剂被称为β病毒。

β病毒和Ω病毒一样,是一种令人体细胞发生变异的病菌。如果将β病毒注入正常人体内,也会产生不可预想的严重后果。但是把β病毒注入到携带有Ω病毒的人体内,两者就会互相吞噬,最终使人体恢复正常。

夏教授将一种蓝色的液体注射到小白鼠的体内,对身边的助手迈克尔博士说:"观察它在24小时内的变化。"

"是,教授。"迈克尔博士的眼珠不自觉地转了一下,"但愿这次的实验能够成功。"

夏教授长叹了一口气:"如果这次实验再失败,也许我们就再也没有希望了。"

看着夏教授满眼的血丝,迈克尔博士关心地说:"教授,你已经48小时没合过眼了,去休息一下吧!"

"好吧!我去眯上几分钟,你可要把小白鼠看好了。"夏教授说完转身向休息室走去。

迈克尔博士见夏教授已经走进了休息室,便迫不及待地掏出手机将实验数据拍摄下来,然后发送了出去。

被关在玻璃罩子里的小白鼠,被注射了蓝色的液体后,一开始还很正常地吃着花生米,可是没过几分钟便开始焦躁起来。后来,小白鼠干脆丢掉花生米,爪子不停地挠着玻璃罩子。

迈克尔博士静静地看着小白鼠的反应,脸上的表情微妙地变化着。他看到小白鼠的毛开始变色,慢慢地变成了一只灰色的老鼠,这让迈克尔博士感到很惊喜。更加不可思议的事情还在后面,小白鼠的耳朵开始慢慢地变长,竟然变得和兔子的耳朵差不多了。它的身体也在横向和纵向两个维度增长,眼看这个小小的玻璃容器就放不下这只巨型的老鼠了。从外形上看,这只老鼠已经

不像老鼠，而更像一只灰色的兔子了。

迈克尔博士脸上的笑容开始降温，最后竟变成了一副恶狠狠的表情。他偷偷地朝周围看了一下，然后从口袋里掏出了一支针管，扎进了巨型老鼠的体内。老鼠立即表现出很痛苦的样子，四肢用力挣扎着，但是当针管里的液体注射到它的体内后，老鼠瞬间停止了挣扎，舌头吐到嘴的外面，身体僵硬地死去了。

迈克尔博士麻利地将死老鼠从玻璃容器中拿出来，丢到了试验台的下面。然后，他又从口袋里掏出一只活蹦乱跳的小白鼠，放进了玻璃容器中。趁没人注意，迈克尔博士弯腰将死老鼠装进了一个黑色的塑料袋里。当迈克尔博士直起身来的时候，夏教授正站在他的面前。迈克尔博士吓了一大跳，嘴唇颤抖地说："教授，你……你什么时候来的？"

"我刚刚来的。"夏教授并没有注意到迈克尔博士的异常，他注视着玻璃容器里的小白鼠，问："小白鼠有什么反应吗？"

迈克尔博士把黑色的塑料袋藏到身后,紧张地说:"没……没有变化。"

夏教授失望地说:"不应该呀!怎么会又失败了呢?"

迈克尔博士找借口逃脱:"教授,我先上一趟厕所。"说完,他鬼鬼祟祟地朝厕所跑去。刚一跑进厕所,迈克尔博士就把黑色的塑料袋扔到了垃圾桶里,然后长长地出了一口气,转身就往外走。

"喂,迈克尔博士,你怎么还没方便就走了。"身后传来一个同事的声音。这位同事提着裤子走到迈克尔博士的身边。

迈克尔博士的表情很尴尬,他没想到竟然有一位同事看到了自己进入厕所以后的一举一动。

"我……我不是来方便的,只是想呼吸一下新鲜空气而已。"迈克尔博士一紧张,竟然随口说出了这么一个荒诞的理由。

"哈哈哈!"迈克尔博士的同事一阵大笑,"迈克尔博士,你可真幽默,厕所难道是呼吸新鲜空气的地方吗?"

"嘿嘿嘿!"迈克尔博士也跟着傻笑,"我是开个玩笑而已,玩笑!这几天把我可累坏了。"

"是呀!"同事点点头,"不知道为什么β病毒总是在关键的步骤上失败,如果再研制不出β病毒,就无法阻止生化幽灵对人类的攻击了。"

"我也不知道。"迈克尔博士说话的时候有些不自然,"估计是我们的血清有问题。"

"对了,我刚才看到你往垃圾桶里扔了一个袋子,里面装的是什么东西呀?"这位同事的好奇心倒是挺大。

"没……没什么。"迈克尔博士开始紧张起来,"只是一些垃圾而已。"

"不对呀!"这位同事怀疑地问,"我们的实验台旁边就有垃圾桶,你为什么舍近求远,把垃圾丢到这里来呢?"

说着,这位同事走到了垃圾桶旁,伸手去拿迈克尔博士刚刚丢掉的黑色塑料袋。其实,这位同事不只是好奇而已,他早就发现迈克尔博士最近有一些异常。

"这里真的没有什么。"迈克尔博士冲过去,一把拉住同事的手。

"你这么紧张干什么?"同事用怀疑的目光看着迈克尔博士,"你是不是做了什么见不得人的事情,怕我发现啊?"说着他甩开迈克尔博士的手,拿起了垃圾桶里的黑色塑料袋。

迈克尔博士见局面难以挽回,脸上露出了凶恶的表情,手悄悄地伸进裤子口袋里,摸到了一个针管。

黑色塑料袋被打开了,迈克尔博士的同事瞪大了眼睛,慢慢地转过头看着迈克尔博士,说:"你……你竟然欺骗夏教授。"

"你知道得太晚了。"迈克尔博士恶狠狠地说,同时将针头刺进同事的臀部肌肉里,猛地将注射液推进了他的体内。

"你……你到底是什么人?"迈克尔博士的同事指着他,艰难地吐出了这几个字,便一头栽倒在了地上。

迈克尔博士将晕倒的同事拖到一个独立的卫生间里。

他的手颤抖着,将卫生间的门从里面插上,然后又跳了出来。

"就在今天,一切都要结束了。"迈克尔博士一边自言自语地说,一边整理着衣服,然后若无其事地把厕所的门打开走了出去。

第二十三章

闯入实验室

迈克尔博士刚从厕所走出来,就听到夏教授在喊他。他一路小跑到夏教授的身边,问:"教授,什么事情?"

夏教授的手里拿着一个试管,里面是最新采集的血样。他把试管递给迈克尔博士,说:"赶快重新进行实验,我们已经没有时间了。"

"是!"迈克尔博士恭恭敬敬地接过试管,将血样倒进了一个电离器中,接通了电源。在高压交变电流的作用下,电离器开始工作。

"注意,赶快注入β元素。"夏教授眼睛眨也不眨地盯着分离器,同时进行指挥。

迈克尔博士按照夏教授的吩咐将β元素注射到分离器中。β元素立刻在高压和电离的条件下与血液离子发生了融合。夏教授大喊:"快速加大电磁场的强度,同时

进行伽马射线照射。"

一道蓝光照射到离子分离器中,电磁场强度也被迈克尔博士调到了最大。只见离子分离器中的液体出现了奇妙的变化,它形成了两种互不相容的液体,一种是蓝色,一种是红色。

"停!"夏教授兴奋地一挥大手。

所有的机器都停止了运转,离子分离器也静止下来,红、蓝两种液体被自然地分开了。红色的液体沉于底部,而蓝色的液体则漂浮在上面。

"希望这次能成功。"夏教授双手合十,放在胸前默默地祈祷。然后,他将浮在上层的蓝色液体吸进了一个针管里。

正当夏教授准备拿着最新的研究成果去用小白鼠做实验的时候,实验室的门外突然传来一阵嘈杂声,紧接着是一声惨叫。那惨叫声是保安发出的,当时他正坐在桌子后面,突然一个戴着帽子的人出现在他面前。

"先生你找谁?"保安礼貌地问。

这位戴着帽子的人没有回答,而是直接伸出了手,突然掐住了保安的脖子,将他从桌子后面一下子拽了出来。紧接着,他张开大嘴朝着保安的脖子狠狠地咬去。

"啊!救命啊!"保安发出了惊恐而悲惨的叫声。

听到保安的惨叫声,实验室里的工作人员都吓得停下了手中的工作。"幽灵,一定是生化幽灵来了。"其中一个人大喊了一声。这一喊不要紧,几乎所有的人都丢掉了手中的东西,开始像没头苍蝇一样到处乱躲乱藏。

实验室里都是一些文弱的科研人员,他们可没有力气去与生化幽灵战斗,而且他们都知道被Ω病毒感染的生化幽灵会嗜血如命,所以被吓得四处躲藏也是情有可原的。

"大家别慌!"夏教授站到桌子上振臂高呼,"我们已经成功研制出了β病毒,不用再怕生化幽灵了。"

"教授,β病毒的小白鼠实验不是都失败了吗?"一位科研人员问。

听了这话,夏教授的表情有些尴尬,但他依旧镇定

地说:"那是以前,现在我手里拿的是最新研制出的β病毒,这次肯定成功了。"

"教授你别骗我们了,新的β病毒还没有用小白鼠进行试验,你怎么知道已经成功了?"

"大家相信我。"夏教授举着β病毒,"我用生命担保,这次一定能够成功。"

"当当当!"

实验室的大门被猛烈地撞击着,透过磨砂玻璃,可以看见一群生化幽灵张牙舞爪的身影。一只皮开肉绽的手臂终于打破了玻璃,伸到了实验室里。紧跟着,这个生化幽灵的整个身子都撞了进来。他浑身上下都滴淌着脓水,数不清的白色肉虫在他身上蠕动着,分享着他身体上的腐肉。

"嗷——"这个恶心的生化幽灵引颈长鸣,就像一头孤独的狼。他的眼中冒出贪婪的光,口水像溪流一样从他那撕裂的下颚流淌下来。他一步步地向人们逼近,而身后则有更多的生化幽灵源源不断地涌进了实验室。

实验室里的工作人员惊慌失措,有的藏到了桌子底下,有的步步后退。其中一个胆子大的则拿起一把椅子,砸向了最前面的生化幽灵。椅子砸到了生化幽灵的身上,令其愤怒地咆哮了一声,猛地蹿到了这个人的身边,一把将他抓住。

"救命,救命啊!"这个人吓得魂不附体,想要用力挣脱,但是已经无济于事。其他人也不敢过去救他,纷纷向实验室的最里面逃去。

夏教授的手里拿着刚刚研制出的β病毒,他想冲上去将液体注射到生化幽灵的体内,却被迈克尔博士拦住了。

"教授,β病毒还没有经过最后的检验,你不要过去送死。"迈克尔博士拽住夏教授的胳膊让他往后撤退,"要是你死了,以后就没有人能研制出β病毒了。"

夏教授眼睁睁地看着自己的同事被生化幽灵抓住,却无能为力,悲伤的眼泪控制不住地流了下来。

"砰!"就在这千钧一发之际,一颗子弹袭来,从生化幽灵的后脑进入,又从脑袋前面钻了出来。生化幽灵

的手一抖，被抓住的人掉在了地上。这个人的两腿已经颤抖得难以站起来了，他"四脚"并用地向前爬着逃跑。

枪声惊动了生化幽灵，他们像木偶一样慢慢地扭过头，看到几个持枪核弹的人站在他们身后的门口。

亨特不知道从哪儿又弄到了口香糖，此时嘴巴正不停地嚼着，同时两腿一前一后，呈射击姿势站立。枪托还抵在他右肩窝，子弹刚刚从这支枪发射出去，枪口还带着余温。

亚历山大、布莱恩、索菲亚、朱莉，还有劳拉，一字排开，他们的枪口都对着生化幽灵。亚历山大的肩膀里还残留着子弹，他用一只手端着枪；布莱恩的一只手臂和一条腿都受了伤，所以看上去样子有些惨。但是，红狮军团的气势咄咄逼人，并没有把这些生化幽灵放在眼里。

生化幽灵似乎对突然出现的红狮军团更感兴趣，他们竟然转过身齐刷刷地朝红狮军团扑来。红狮军团决定将生化幽灵引出来，分散他们的力量，然后逐一消灭。

"兄弟们,注意节省子弹。"亨特特别强调道,因为他们的子弹并不十分充裕。

亚历山大早就忍不住了,他一只手也能把枪端得很稳,朝着前面的一个生化幽灵便开了一枪。这一枪打中了生化幽灵心脏的位置,可是他并没有死,只是低头看了看位于胸口的弹孔,用手摸了摸伤口中流出的黏液,把手指放进嘴里,贪婪地吮吸着。

亚历山大看呆了,他不明白为什么有的生化幽灵能一枪打死,而有的生化幽灵则有着金刚不坏之身。其实,现在的生化幽灵已经不再是最原始的 Ω 病毒感染者了。很多生化幽灵遭到了更多病毒的交叉感染,发生了一系列的变异反应,他们除了有一个共同的嗜血特性外,其他的特征就千奇百怪了。

被子弹射中的生化幽灵将手指从口中拿出来,竟然朝亚历山大露出了"灿烂"的笑容,这笑里蕴含着极度的鄙视。他突然将身体半蹲下去,然后猛地跃起,竟然一下子就跳到了亚历山大的身边。

亚历山大吓得连续后退,手指下意识地扣动了扳机,子弹如雨点般地射中了生化幽灵的身体。也不知道是哪一颗子弹击中了生化幽灵的要害部位,他的利爪从亚历山大的面前划过,栽倒在地上。

看着倒在地上的生化幽灵,亚历山大的心脏还在疯狂地跳动着。他想这里的生化幽灵比雷森公司里的生化幽灵还要厉害,看来这是一场更加残酷的战斗。

劳拉用脚将倒在亚历山大面前的生化幽灵翻过来,想弄清楚这家伙的要害究竟在哪里。这个生化幽灵的体表皮肤都已经蜕化,酱红色的肉体变成了半透明,可以模模糊糊地看到他的内脏。

"这个怪物竟然有四颗心脏,怪不得你一枪打不死他。"

劳拉看到这个生化幽灵的左侧胸腔内,上下并排生长着4颗大小相同的心脏,也不知道是什么病毒让他的心脏具备了分裂再生的能力。

"快向后撤!"亨特大声地指挥着,他已经倒退出了实验室的大门。

其他人也跟着退出了实验室，企图将生化幽灵吸引出来。可是，不知道为什么生化幽灵走到了实验室的门口，就不肯再向前迈出一步了。他们的大脑中好像被人植入了芯片，听从某个神秘信号的指挥，他们转过身重新朝实验室里走去。

第二十四章

最艰难的战斗

"喂！朝这边来。"布莱恩大喊一声，朝生化幽灵连续开了几枪。生化幽灵竟然毫无反应，继续向实验室里走去。

"亨特，我们该怎么办？"劳拉问。

没等亨特说话，朱莉面色冷峻地说："还能怎么办？冲进去阻止他们。"说完，朱莉重新冲进了实验室，朝着生化幽灵连续射击。生化幽灵一下子就把她围在了中间，数不清的手朝她伸来，要把她撕碎。

面对朱莉的冒失行动，其他人别无选择，赶紧朝着围住朱莉的生化幽灵疯狂扫射。朱莉从生化幽灵的腿间缝隙钻出来，翻滚到几米开外，继续朝生化幽灵射击。

突然，一股黑色的烟雾从生化幽灵中间升起。实验室里被带着臭气的黑色浓雾笼罩，红狮军团的视线被遮挡，看不到生化幽灵的踪迹了。索菲亚感觉背后有一阵

凉风袭来，她迅速地向旁边一闪，生化幽灵扑空了。奇怪？生化幽灵是什么时候跑到自己后面的，索菲亚想。

生化幽灵转身，继续朝索菲亚发起攻击。她这才看清，这个生化幽灵与众不同，因为他的嘴巴并没有上颚和下颚，也不能上下张开，用牙齿来咀嚼食物。这个生化幽灵的嘴巴是一个圆形的吸盘状，不停地向外吐着带有臭味的黑色烟雾。原来，突然出现的黑色烟雾就是这种生化幽灵吐出来的。

索菲亚举起她的"沙漠之鹰"手枪对准生化幽灵的圆形嘴巴，想把子弹射进去。她对这把枪很有信心，因为这支有加长枪管的手枪很彪悍，可以在200米的距离内，轻松放倒一头麋鹿。而现在枪口距离生化幽灵不过10米，足可以把他一枪击毙。可是，索菲亚想错了，一颗12.7毫米的大口径子弹虽然射进了生化幽灵的口中，但却没有伤害到他。生化幽灵被子弹射中之后，口中吐出了一股无比浓烈的黑烟，便从索菲亚的面前消失了。

索菲亚被惊呆了，她四处寻找吐出黑色烟雾的生

化幽灵，却不见他的踪迹。突然，一双大手从背后紧紧地将她抱住，她的脖子也被一个吸盘一样的东西吸住了。索菲亚闭上了眼睛，她知道自己已经落入生化幽灵的魔爪。这个吸盘一样的嘴巴将会吸干她的血，将她变成一具干尸。

索菲亚原本以为自己死定了，但是吸盘嘴却突然从她的脖子上松开了，两只手也耷拉下来，黑色的手掌在她的胸前留下了两只黑黑的掌印。

"索菲亚！"身后传来亨特的声音，"你没事吧？"

索菲亚睁开眼睛，恍如隔世，自己竟然还活着。

"对付能够隐身的幽灵，光靠子弹是没用的，必须从脖颈处直接斩断他的神经系统。"亨特对大家说。

隐身幽灵实际上是变异人在接受了Ω病毒的感染后，去捕食用来做实验的乌贼，而乌贼也在实验中感染了其他病毒，于是两种病毒在生化幽灵体内交织，发生了新的变异。隐身幽灵具备乌贼喷出墨汁的功能，以此来隐藏自己，然后快速地转移到对手的身后进行偷袭。

在亨特的提醒下，其他人也手里握着军刀，时刻做

好了近身搏斗的准备。其中布莱恩正在进行的战斗是最为激烈的，因为他的胳膊和腿都已经受伤，所以显得力不从心。

一个体型巨大的生化幽灵显然已经占了上风，虽然布莱恩连续打中了他好几枪，但是生化幽灵并无大碍，他竟然冲到布莱恩的身边，一把将布莱恩按倒在地。布莱恩将没有受伤的那条腿向后弯曲，然后猛地蹬到了生化幽灵的肚子上。生化幽灵的身体倒向一边。布莱恩一翻身，刚要站起来，生化幽灵一把抓住了他的脚踝，向后一拉。布莱恩再次被拖倒在地上，他两只手死死地抓住一条桌子腿，用力往回收腿，不想被生化幽灵拖走。

生化幽灵的力气巨大，布莱恩已经坚持不了几分钟了。而其他人都在与生化幽灵缠斗，无法赶过来帮助布莱恩。眼看布莱恩就要被生化幽灵制服，成为他的猎物了。布莱恩突然发现在桌子下面有一个电源插座，他一把将电线拽断，转身直接将电线插到了生化幽灵的身上。

生化幽灵的体内流过一阵电流，他的手一抖松开了布莱恩。当然布莱恩也触电了，他感到了全身一阵麻嗖

嗖的剧痛。生化幽灵松开布莱恩之后，这根电线成为了布莱恩的武器，他主动发起攻击，迅速将电线缠绕在生化幽灵的身上，然后将裸露在外面的线头插进了生化幽灵的体内。一股烧焦、刺鼻的气味儿立刻升起，生化幽灵的身体在几秒钟内变成了焦炭一般的颜色。布莱恩用手一推，生化幽灵便摔倒在地上，身体碎裂成了千万块。

两个生化幽灵正一起围攻劳拉。一个是长着鼠牙的矮胖男性幽灵，另一个则是鼻孔朝天的女性幽灵。这两个幽灵一前一后，配合默契，劳拉猜想他们没有变异之前可能是一对夫妻。

鼠牙幽灵伸出短粗的双臂朝劳拉的脖子搂来。劳拉快速下蹲，同时双手按在地上，一个扫堂腿扫在了鼠牙幽灵的腿上。这一脚要是扫在普通人的身上，肯定会将其扫倒，但扫在鼠牙幽灵的身上，就像扫在了一根柱子上一样。鼠牙幽灵竟然毫无反应，反而倒是劳拉感到脚一阵剧痛。

劳拉身后的女性生化幽灵趁机弯腰，一把抓住了劳拉的衣服，将她提了起来。劳拉顺势将双脚抬起踹到了

鼠牙幽灵的身上，而向后的力量将女性幽灵弹倒在地。劳拉的身体压在了女性幽灵的身上，她用肘部猛击生化幽灵的脑袋。

鼠牙幽灵过来相救，他像一块石头那样直接往劳拉的身上砸来。劳拉将匕首对准了鼠牙幽灵，就这样鼠牙幽灵的身体直接砸在了刀尖上。女性幽灵疯了一样双手抱住劳拉的脖子，用力勒紧。劳拉简直就快窒息了，她双脚蹬地，身体向上挺起，然后连续地翻滚。女性幽灵的身体和劳拉的身体缠在一起，在地板上滚来滚去，滚到了亚历山大的脚下。亚历山大一枪将其击毙。这时，另一个生化幽灵朝亚历山大扑来。亚历山大的长枪已经无法掉转方向了，躺在地上的劳拉举起手枪，子弹破膛而出，击中了生化幽灵的眉心。

红狮军团在生化幽灵的围攻下，已经力不从心了。他们的子弹所剩无几，而生化幽灵却越战越勇，不知疲倦。

夏教授和他的同事们已经躲进了实验室最里面的一间屋子里。他们趴在窗户上看着外面的战斗。

"也许我们该出去帮忙。"夏教授愧疚地说。

迈克尔博士阻止说："教授，我们出去只会帮倒忙。"

夏教授看着手中刚刚研制出的β病毒溶液，说："也许我们应该冒险试验一下，说不定这次真的研制成功了。"

"教授，你是一位科学家，难道真的相信没有试验过的东西吗？"迈克尔博士反问，"你是知道的，如果β病毒没有试验成功，不但不能将生化幽灵打败，反而会与生化幽灵体内的Ω病毒发生基因重组，产生新的病毒，使他们变成更加厉害的生化幽灵。"

夏教授看着他手中的"烫手山芋"，一时间犹豫不决。他转身看向同事们，目光与他们一一对视，这是在寻问他们的意见。

"教授，如果我们不去冒险尝试，可能连最后的机会都没有了。"一位同事坚定地说。

就是这个同事的话，让犹豫不决的夏教授下定了决心："你说得对，如果不去尝试我们肯定会死在这里，如果去尝试了还有50%的希望。"说着，夏教授推开了屋门准备采取行动。他要将β病毒投放到应急救援系统之中，然后按下应急按钮。这种病毒溶液就会通过实验室

里的屋顶喷头，喷洒到每一个角落。

如果β病毒已经研制成功，生化幽灵在被喷洒了这种液体后，他们体内的Ω病毒就会被杀死，生化幽灵的生命也会随之结束。可是，夏教授刚要走出门口的时候，一只从背后伸来的手却突然将装有β病毒的容器抢走，然后狠狠地把它摔在了地上。

第二十五章

真相大白

装有β病毒的容器被摔得粉碎,蓝色的液体溅到地上,挥发出一股刺鼻的气味。夏教授惊呆了,他回过头看着那个把装有β病毒的容器摔碎的人,不可思议地问:"迈克尔,你为什么要这样做?"

"哼哼!"迈克尔博士冷笑一声,"你这个老东西,我已经忍你很久了。今天,我终于可以不用再伪装了。"

"你……你到底想做什么?"夏教授情绪激动地一只手指着迈克尔,另一只手捂着心脏的位置,眉头紧皱。

"教授,你的心脏病又犯了。"夏教授的另一位助手关心地扶住他,从夏教授的口袋里掏出速效救心丸,放进他的口中。

迈克尔博士看着夏教授,一脸得意:"我给你当助手4年了,每天都在听你的吩咐,早就听烦了。实话告诉

你吧,我已经投靠了那个神秘的组织,把你进行β病毒实验的数据都传给了他们。就连他们的Ω病毒还是在你的启发下研制成功的呢!"

夏教授听到这里气得怒目圆睁,一巴掌朝迈克尔博士的脸上扇来。迈克尔博士紧紧地抓住了夏教授的手腕,怒吼道:"老东西,你还想打我!"

"迈克尔,你怎么能这样做?"刚才给夏教授拿速效救心丸的那位助手比尔吼道,他朝着迈克尔博士的鼻梁就是一拳,同时还愤愤地说:"咱们都是夏教授的学生,师徒如父子,你也太没人性了吧?"

"啊哈哈!"迈克尔博士发出了一阵癫狂的大笑,同时用手擦了擦鼻血,"人性?人性能值几个钱?我把β病毒的数据传给神秘组织后,他们已经给我的账户汇入了上千万的美金,这可是我一辈子也挣不到、花不完的呀!"

"你无耻!"比尔气得朝着迈克尔博士又是一拳。

这次迈克尔博士可没有乖乖地等着挨打,他灵敏地

一摆头,拳头擦着他的耳边划过。

"我警告你,得罪我的人都会死得很惨。"迈克尔博士面部扭曲地说,"这些生化幽灵都是听我指挥的。"

"听你的指挥?"夏教授看着迈克尔博士,"你还做了什么?"

迈克尔博士很自豪地说:"教授这要感谢你了。我可是青出于蓝而胜于蓝,不但学到了你的本领,而且还把它发扬光大了。我在传输给神秘组织数据的时候,偷偷地进行了修改,将一种基因芯片无形地植入了生化幽灵的大脑。"

"你是说现在这些生化幽灵都被你植入了指令?"比尔问。

"没错,不愧是夏教授的高徒。"迈克尔博士说,"我现在就指挥这些生化幽灵给你们看。"迈克尔走到窗前朝外面大喊:"都给我听好了,去打那个嚼着口香糖的家伙。"

生化幽灵们像被安装了程序一样,全部转身朝向正

在嚼着口香糖的亨特。这一画面让所有人都惊呆了。

亨特看到所有的生化幽灵都朝着自己冲来,简直被吓傻了。

"这是怎么回事?为什么都冲着我来?"亨特朝着生化幽灵连续发射子弹。

夏教授看到疯狂的生化幽灵都去攻击亨特,于是用恳求的语气说:"迈克尔,我求求你,不要再让生化幽灵伤害人类了。你要的是钱,现在你已经有钱了,可以让他们停止攻击了。"

"钱,对,我要的是钱。"迈克尔博士阴险地说,"不过现在我已经改变主意了。我想统治整个世界,做世界的主人。"

"迈克尔,你疯了。"夏教授一边说一边摇着迈克尔博士的肩膀。

"我没疯,我清醒得很。"迈克尔博士推开夏教授,"这一切都在我的计划之中。"他凑到夏教授的跟前说,"你知道吗?其实你早就成功地研制出了β病毒,只不过

被我偷梁换柱了，我把没有做试验的小白鼠放进去，把注射了β病毒的小白鼠换出来。"

夏教授这才恍然大悟："我说为什么实验每次都在关键的时刻失败，原来是你捣的鬼。"

看着夏教授和迈克尔博士在争论，比尔悄悄地向后退去，他的眼睛左顾右盼，好像有什么事情瞒着大家。

夏教授已经彻底被迈克尔博士气疯了，扑上去掐住迈克尔博士的脖子，要和他拼个你死我活。

此时，屋里乱成了一团，比尔则趁机溜了出去。他手里拿着一个装有蓝色液体的小瓶子，要冲破生化幽灵的防线，跑到这座大厦的楼顶上去。

就在比尔试图冲破生化幽灵的包围，冲向大厦的楼顶时，另外两个人也在马不停蹄地往136号街区的这座大厦赶来。秦天带着夏雪冲出梧桐路135号对面的诊所，驾驶汽车向136号街区驶来。

"秦天，你的脖子还在流血。"夏雪坐在副驾驶，看着秦天脖子上的伤口，心里痛痛的。

秦天没有说话，他在计算自己留在这个世界上的时间。秦天知道自己被生化幽灵咬伤后，早晚也会变成生化幽灵。不过在变成生化幽灵之前，他要完成两件事情：第一件事是把夏雪安全地交给夏教授；第二件事是消灭生化幽灵，然后结束自己的生命。

夏雪掏出一包面巾纸，抽出一张，去擦秦天脖子上的伤口。秦天下意识地歪头躲开，因为这让他很不习惯，在他的成长轨迹中很少有人对他这么好。

秦天手握方向盘，驾驶汽车疾驰在看不到行人的城市街道上。他感觉到浑身都很燥热，血液像被放在热锅里煮沸了一样，滚烫滚烫的，在血管里奔流。眼前突然一片模糊，秦天把住方向盘，脚踩到了刹车上，即使这样汽车还是撞到了路边被丢弃的另一辆车上。

"秦天，你怎么了？"夏雪大喊，她一直处于很紧张的状态，无时无刻不在盯着秦天。这样的眼神让秦天感觉到浑身都不自在。秦天趴在方向盘上，用力地闭上眼睛，但他的上眼皮和下眼皮已经很难碰到一起了。这是

因为秦天的眼球已经开始膨胀，变得像一枚小鸡蛋那么大了，把眼眶撑得快要裂开了。

大约过了一分钟，秦天的视力才逐渐恢复，但是眼前却总像有无数只小虫在飞，到处都是星星点点的光圈。秦天知道，这是因为被生化幽灵咬伤后，Ω病毒在体内发作开始侵蚀他的机体。

"夏雪！"秦天转过头对夏雪说，"记住，如果我发生变异，一定要在我失控之前击毙我。"

夏雪看到秦天的眼睛变得比牛眼还大，心里别提多难受了。她紧紧地抱住秦天，撕心裂肺地喊："不，我不，我不会这样做的。"

秦天一把推开夏雪，同时怒吼道："如果你不想看到我像其他生化幽灵那样袭击人类，你就必须这样做。"

"你不会变成生化幽灵的。"夏雪抹了一把眼泪，"咱们快走，我老爸会有办法的。"

秦天的嘴角微微上扬，露出了艰难的笑容。他重新将汽车发动，挂上挡，准备继续出发。可就在此时，秦

天发现一个红色的光点出现在挡风玻璃上。

"快趴下！"秦天大喊了一声，同时将夏雪按倒。两个人的上半身刚刚弯下来，车窗玻璃就"啪"的一声碎了。

子弹，这是从哪里飞来的子弹？秦天死死地按住夏雪，叮嘱道："千万不要抬头。"他知道有一位狙击手正在暗处瞄准这里，只要他们一露头必定会遭到狙杀。

第二十六章

生死之战

"秦天,我们该怎么办?"夏雪很害怕,她声音颤抖地问。

秦天从挎包里掏出一支潜望镜塞到夏雪手里,然后又把一个耳机塞进了夏雪的耳朵,叮嘱道:"我出去引诱敌人开火,你用潜望镜观察他开火的位置,然后告诉我。"

秦天准备推开车门,却被夏雪一把拽住了:"不,秦天,你不能出去。"她担心秦天一出去,就会被敌人射中。

"放心,他打不中我。"秦天说着推开了车门。

敌人的狙击手很狡猾,他静静地等待着秦天的身体从汽车里探出的那一刻。

秦天当然猜到了敌人的心里在想什么。回头见汽车的后排座位上放着一件上衣,他突然想出了一个好办法。

秦天伸手将上衣拿了过来，将它挑在突击步枪的枪口上，然后突然把枪口伸出了车门外。敌人的狙击手果然中计了，一颗子弹瞬间飞来，射中了这件衣服。秦天抓住机会，从车里跑出来，快速地向事先看好的一棵大树后跑去。在短短的十几米距离内，敌人一连发射了几发子弹，枪枪都擦着秦天的身边而过，好不惊险。

夏雪早就把潜望镜伸到了车窗外，敌人接连开枪，她很快便循着枪声找到了狙击手的隐身之处。

"秦天，狙击手隐藏在马路对面的公交站牌后面。"夏雪通过耳机向秦天报告。

"你真是个天才。"秦天夸赞夏雪。

在马路斜对面，大约200米远的地方，有一个公交站牌。站牌底部距离地面大约有20厘米，秦天看到了敌人露出的小腿。

都已经"露马脚"了，自己还不知道呢！秦天这样想着，将枪口向下移动，准备朝着敌人的小腿来上一枪。可是，他发现在站立的姿势下，将枪口大角度下垂射击

目标实在是太难了。于是,秦天想趴在地上,采取卧姿射击。但是秦天知道,自己趴在地上以后半个身体都会从大树后暴露出来,无疑也成为了敌人射击的目标。

秦天很快想到了一个办法,那就是分散敌人的注意力,然后快速地卧倒发射子弹。想到这里,他对夏雪说:"夏雪,你从车里扔一个东西出来,响声要大。"

夏雪在车里看了半天,也没发现什么可以扔出去弄出声音的东西。于是,她问道:"秦天,我按一下汽车喇叭行不行?"

"行!"秦天回答。他觉得夏雪太聪明了,就连自己都没想到这个办法。

"嘀嘀——"

汽车喇叭被夏雪按得发出了长长的响声。藏在站牌后面的狙击手的注意力被分散了,他以为汽车被人启动了。

秦天快速卧倒,将枪向前伸出,对准了敌人的小腿,扣动扳机。"砰!"子弹贴着地面飞行,击中了敌

人的小腿。

"啊！"秦天听到了敌人的惨叫声，紧接着，他看到敌人的身体从站牌后歪了出来。就在这一秒，胜负已分，生死已定。第二颗子弹应声而出，直奔敌人的要害。"扑通"一声之后，敌人的狙击手栽倒在地，横尸街头。

秦天突然感觉到眼前又是一阵发黑，他知道自己的身体情况在继续恶化。时间紧迫，他冲回到汽车上发动马达，加速向136号街区驶去。

在136号街区，战斗已经进入了最残酷的阶段。比尔手里拿着一个蓝色的小瓶子，试图穿越重重围堵的生化幽灵，跑到大厦的楼顶去。

比尔手中这个蓝色的小瓶子里装的就是 β 病毒的溶液。这是怎么回事呢？这还要从迈克尔博士背着夏教授把试验品扔进厕所的垃圾桶说起。当时迈克尔博士的同事发现了他的异常，从而被迈克尔博士注射毒剂杀害。其实，当时厕所里还有一个人，他就是比尔。

比尔藏在卫生间里，通过缝隙看到了这一切，猜到了

迈克尔博士的阴谋。于是，比尔偷偷地将β病毒溶液多留了一瓶，以备不时之需。现在，比尔趁迈克尔博士不备溜出来，就是想把β病毒溶液倒进楼顶的储水箱，然后通过应急系统喷洒到生化幽灵的身上。可是，就凭比尔的身手，他要想冲出生化幽灵的包围，简直是天方夜谭。

迈克尔博士发现比尔溜了出去，便朝生化幽灵大喊："快抓住那个拿蓝色瓶子的人。"

生化幽灵于是朝比尔围堵过去。比尔见势不妙，一边将瓶子抛向了离他最近的亨特，一边大声喊道："快把瓶子里的溶液倒进楼顶的储水箱里！"现场的所有人都听到了比尔的喊声。这时，一只只流淌着黏液的幽灵之手伸向空中想接住瓶子，但还是亨特跳得最高，他将瓶子稳稳地攥在了手中。

可怜的比尔被好几个生化幽灵抓住，一张张贪婪的嘴朝他的身体咬去……

躲在实验室最里面屋子的人看到这一幕，吓得魂不附体，哭成了一片。夏教授指着迈克尔博士的鼻子破口大

骂，却被迈克尔博士狠狠地扇了一巴掌。

"你们都看到了吧，谁要是不听话都和比尔一个下场。"迈克尔威胁道。

亨特刚刚接到蓝色的小瓶子，生化幽灵便呼啦一下子朝亨特冲来。迈克尔博士已经等得不耐烦了，他大吼着："杀死他们，杀死他们！"然后，迈克尔博士冲到实验室里，拿起一个伽马射线发射器，对准了一个生化幽灵照射过去。伽马射线照射到生化幽灵的身上，他开始变得狂躁不安，身体剧烈地颤抖着。紧接着，可怕的事情发生了。被伽马射线照射过的生化幽灵全身都变成了绿色，身体像冲了气一样膨胀起来，变成了一个绿色的巨型幽灵。

"快去把那个拿着瓶子的人给我抓起来。"迈克尔博士朝绿色的巨型幽灵吼道。

绿色的巨型幽灵迈开步子朝亨特走去，脚落到地面上发出"咚咚"的响声，好像地震了一般。亨特想逃跑，但是已经来不及了。绿色的巨型幽灵伸手将他抓住，高

高地举过了头顶。

亨特把手里的那个蓝色小瓶子朝劳拉扔去。劳拉接住了瓶子,很快也被生化幽灵们团团围住了。绿色的巨型幽灵将亨特狠狠地朝一根柱子扔去。亨特的身体撞到了柱子上,他感觉到自己的脊梁骨都被撞断了。

劳拉拿着蓝色的小瓶子,无法冲出生化幽灵的包围。而其他人也都在被生化幽灵围攻,根本无法脱身。就在她濒临绝望之际,突然一声大喊传来:"劳拉把瓶子扔给我。"

劳拉朝声音传来的方向望去,是秦天!他出现在了门口。

"秦天,接着!"劳拉将蓝色的小瓶子高高抛起。秦天向高处跃起,稳稳地接住了瓶子。

"我带你到楼顶。"夏雪拉着秦天转身就跑,"我知道那个储水箱在什么位置。"

迈克尔博士没有想到秦天会半路杀出,他朝生化幽灵命令道:"快去追!"

生化幽灵们扭动着身体就要朝外面追去。

亨特忍住剧烈的疼痛从地上站起来，朝门口冲去。

布莱恩、劳拉、索菲亚、亚历山大、朱莉，还有亨特，他们在门前形成了一道人墙，与生化幽灵进行殊死搏斗，希望能够争取时间保证秦天将β病毒溶液注入储水箱。

第二十七章

浴火重生

绿色的巨型幽灵将劳拉和索菲亚一手一个抓了起来,高高地举到空中。劳拉和索菲亚拼命挣扎,用手中的匕首去刺绿色的巨型幽灵。但是,这些手段对绿色的巨型幽灵都构不成伤害。

此时,夏雪和秦天已经顺着楼梯跑上了大厦的楼顶。夏雪对这里轻车熟路,她指着楼顶东侧的一个方形的大铁箱说:"在那里。"

秦天跑到大水箱旁,打开水箱上的盖子,将瓶子里的蓝色液体倒了进去。

秦天转身刚要往楼下跑,便感觉到眼前再次天旋地转起来,差点栽倒在地上。

夏雪伸手扶住秦天,鼓励道:"你坚持住。"

"嗷——"秦天抬起头,发出一声野兽般的怒吼,双

眼冒着凶光。

"秦天,秦天,我是夏雪呀!"夏雪吓得浑身颤抖起来。

秦天努力克制着自己,声音变得嘶哑起来:"夏雪,快,快离开我。我已经不能控制自己了。"

"不,你不会有事情的。"夏雪抱住秦天,"我爸爸会有办法救你的。"说完,夏雪松开秦天,拉着他的手就往楼下跑。

在实验室里,夏教授看到警报显示器发出了红色的闪光。他知道秦天已经将β病毒注入了楼顶的水箱。迈克尔博士此时正在外面指挥生化幽灵进行战斗。夏教授趁机按下了实验室的应急防御系统,瞬时,屋顶的喷头被打开了,带有β病毒的水雾喷洒下来,淋到了生化幽灵的身上。

生化幽灵都有一个共同的特点,那就是在变异之后,体表细胞壁遭到破坏,毛细血管直接暴露在外面。带有β病毒的溶液喷到他们的体表后,会迅速渗入毛细血

管，循环到全身的每一个角落。

实验室里很快发出了生化幽灵的惨叫声，β 病毒开始侵蚀他们的机体，结束他们邪恶的生命。生化幽灵一个个变得瘫软无力，倒在地上，四肢抽搐之后，化作了一摊摊散发着恶臭的黏液。

夏教授看到这一幕终于松了一口气，他研制的 β 病毒达到了预期的效果。可是，他却一直被迈克尔博士欺骗，以为 β 病毒还没有研制成功。

正当夏教授高兴的时候，一个人突然从背后搂住了他的脖子："不许动，不然我就要了你的命。"

生化幽灵在 β 病毒溶液的作用下，彻底地毁灭了。但是夏教授却被一个人挟持为了人质，这个人就是迈克尔博士。

"放下你手中的毒针，你已经没有退路了。"亨特朝迈克尔博士大喊。

迈克尔博士将手里拿着的一支毒针，放在了夏教授的脖子上。这支毒针和他在厕所里杀死同事的那支毒针

一样，可以在几秒钟内要了人的命。

"你们都给我让开，不然我可就不客气了。"迈克尔博士丧心病狂地说。

红狮军团在与生化幽灵作战的过程中已经是筋疲力尽，几乎丢了半条命，现在他们手中的枪因为没有子弹，已经成了废铁。众人看着迈克尔博士用毒针将夏教授挟持为人质，却无计可施。

"快让开，退到十米之外。"迈克尔博士挟持着夏教授开始往外走。

大家担心夏教授的安危，不敢惹怒迈克尔博士，所以纷纷向后退去。

"迈克尔博士，在你离开之前，我可以问你一个问题吗？"索菲亚突然说。

迈克尔博士瞟了索菲亚一眼，在红狮军团中，他对索菲亚的警惕性是最低的。迈克尔博士第一次看到索菲亚的时候，便无论如何也无法将这样一位相貌清纯、笑容迷人的女生与特种兵联系起来。

"你问吧!"迈克尔博士停住脚步,针头却依旧放在夏教授的脖子上。

"为什么我们的行踪,敌人了如指掌,我们一路上连续遭到他们的截杀?"

"哈哈哈!"迈克尔博士一阵大笑,"因为我在你们的身上隐藏了定位跟踪仪。"

索菲亚一脸迷茫,她不知道这个所谓的定位跟踪仪在哪里。

迈克尔博士得意地说:"还记得吗?有一次你们来实验室,亨特衣服上的一枚扣子掉了。其实那枚扣子是我在他脱掉外套休息时偷偷地剪掉的。然后,亨特在茶几下面又找到了那枚扣子。"

索菲亚回想起了那一幕,那应该是发生在一个多月前的事情。这枚被找到的扣子还是索菲亚亲手帮亨特重新钉上去的。

"问题就出在这枚扣子里。"迈克尔博士得意地说,"这枚扣子其实就是一个定位跟踪仪。"

亨特低头看着自己衣服上的那枚扣子,这才知道了他们一路上被伏击的原因。

"我没时间跟你们废话了。"迈克尔博士押着夏教授继续往前走,"蓝狼军团很快就会来接应我了。"

当迈克尔博士挟持着夏教授走出实验室的大门时,从楼上冲下来一个人,她说:"迈克尔叔叔,你放了我老爸。"

迈克尔博士看着情绪激动的夏雪,说:"我不是你以前认识的那个迈克尔叔叔了。我是一个坏人,一个十恶不赦的坏人。"

夏雪还要往前冲,却被劳拉一把拉住了:"你不要激怒他,否则夏教授会有危险的。"

迈克尔博士挟持着夏教授,倒退着走出了大厦,来到136号街区的大街上。他的脸上露出胜利者的笑容:"哼哼,再见了,我还会回来的。"说着,迈克尔博士一只手将针头放在夏教授的脖子上,另一只手去拉一辆早就停在那里的汽车的车门。

"砰！"就在迈克尔博士侧身去开车门的时候，突然传来一声枪响。紧接着，迈克尔博士一头栽倒在汽车旁。两条腿抽搐了几下之后，迈克尔博士便一动不动了。

"老爸！"夏雪泪眼汪汪地冲了过去，将夏教授拦腰抱住。

"乖女儿，老爸没事。"夏教授抚摸着女儿的头发，心想这一切都已经结束了。

将迈克尔博士狙杀的这一枪是谁打响的呢？当然是秦天。他现在就在大厦二楼的一扇窗户后面。而此时的秦天，已经不是原来的秦天了，他的变异已经进入到最后阶段。

夏雪突然推开老爸，大喊道："快去救秦天。"她似乎已经猜测到了秦天现在的处境。

大家往二楼跑去。当夏雪推开门的时候，他们看到的已经是面目全非的秦天了。秦天发出一声痛苦的嘶叫，眼中冒着凶光，皮肤已经裂开，俨然和那些生化幽灵没有什么区别了。

"不要过来。"秦天在用坚强的意志控制着自己,否则早就冲上去攻击对面的人了,"我已经控制不住自己了。"说着,秦天将枪口对准了自己的脑袋。

"不,秦天,不要!"夏雪不顾一切地冲向秦天,一把抓住他手中的枪。

秦天咬牙切齿,朝夏雪做了一个凶狠的表情。可是,他突然感觉到有什么东西刺进了自己的体内,然后便眼前一黑晕倒了。

原来夏雪的手中拿着一支针剂,这是夏教授交给她的。这支针剂是高强度的镇静剂。

"快把秦天抬到实验室。"夏教授大喊。

朱莉和劳拉将秦天抬起来,快速地向实验室跑去。秦天被放进一个密闭的实验舱中进行紧急抢救。同时,夏教授抽取了秦天的血液进行化验。

"老爸,你一定要救救秦天。他是为了救我才被生化幽灵咬伤的。"夏雪痛哭流涕地哀求着。

"你放心,我会竭尽全力的。"夏教授麻利地将血液

样本放进了化验仪器中,"如果他的血液还没有被完全感染就还有希望。"

夏雪眼睛眨也不眨地盯着化验仪器,感觉就要窒息了。

当化验仪器的红色指示灯闪烁起来后,一张长长的化验单被打印了出来。

"老爸,秦天还有救吗?"夏雪看不懂化验单,但还是一把将化验单抢过来看。

夏教授又把化验单从夏雪手中拿了回去,接着从上到下认真地看着化验单上的数据,他脸上的肌肉由紧绷慢慢地舒展开来:"真的是奇迹,秦天的坚强毅力竟然将Ω病毒抵抗住了,他还有救。"

夏雪听完老爸的话竟然放声大哭起来,这是喜悦的哭声,是将面临崩溃的情绪释放后的哭。

"快给秦天注射20个单位的β病毒,同时进行微电流治疗。"夏教授向助手们吩咐道。

助手们和夏教授一起忙碌起来。

夏雪和红狮军团的其他成员在一旁静静地守候着,等待奇迹发生的那一刻……

这一等就是24小时,夏雪始终没有合眼,直到秦天缓缓地睁开了双眼。

两个人的目光对视在一起,从来到这个世界上的那天开始,秦天的心里从来没感到过像现在这样暖。